序　7

1　女媧降臨（じょかこうりん）　8

2　簒奪（さんだつ）の宵　46

3　幼馴染の豹変　88

4　黄金の檻　114

5　型やぶりの後宮　154

6　依依恋恋（いいれんれん）の敵愾心（てきがいしん）　184

7　天后（てんこう）の覚悟　224

終　253

その心を誰に秘し　266

あとがき　286

荊志紅
禁軍の右龍武軍で儀同将軍を務める。雛花の想い人。
槐黒煉
現皇帝。雛花とは異母兄妹で志紅とは幼馴染。底抜けに明るい。
後宮天后物語
人物紹介
～簒奪帝の寵愛はご勘弁！～

呉灰英（ごかいえい）
後宮の妃嬪の一人。
花も恥らう6●歳。
藍雛花（らんすうか）
槐帝国の公主。
さげすまれて育ったためか、
自虐と嫉妬癖が止まらない。
董珞紫（とうらくし）
雛花の侍女。
武術の腕も立つ
男装の麗人。

イラスト／凪かすみ

序

（大きくなったら、紅兄さまのお嫁さんになりたい！）

幼い頃、雛花の夢といえば決まっていた。

なにせ名門荊家の後継ぎで三つ年上の志紅は、親しい仲の欲目なしにも、ほれぼれするほどかっこよくて、強くて、真面目で、優しい人だったのだ。

（大好きな大好きな、紅兄さま！　わたくし、あなたのおそばにいたい）

槐帝国の公主として、口に出せないまま育っていく想いを持て余していた、ある日。

突然──その幼馴染に告げられた。

「小花。藍雛花。君は今日から、俺の妻だ」

雛花は即答した。

「──死んでもお断りよ!!」

理由は単純明快。

彼は、雛花の大切な異母兄を殺して、簒奪帝となっていたからだ。

1 ―― 女媧降臨

才能、容色、血筋に健康。

人間、どうにもならないこともあるものだ。

ただし人は人、己は己。持たぬ者は、嫉み妬みなぞ抱いてもしょうがない。ゆえに、ひたすら自己を研鑽し努力を続けることで、きっと道も拓けるはず――

「……なんて一般論で心の平穏保てるほど人間できてないんで、わたくし気がすむまで嫉妬することにしたのよ」

「何を今さらなことを言ってんですか雛花さま」

姫さまが他人を羨んで生きてるのは今に始まった話じゃないでしょう、とあきれ顔の侍女に、「だって羨ましいんだもの」と藍雛花は遠い目をした。

うっすらと朧雲を刷く蒼天に映える、里院に咲く椿。そのあでやかな緋色から目を離し、雛花は、幼い頃からの付き合いになる優秀な侍女を見やる。

「いいわよね珞紫は。美人だし、すらっと背は高いし、仕事はデキるし、胸は大きいし。

おまけに武芸の腕は一級品で、並みいる男どもを押しのけて右龍武軍に仕官なんて話も出ているそうじゃない。聞いたことないわよそんな完璧女子」

不満顔でじとっと見つめる雛花に、雛花付きの女官の菫珞紫はからからと笑って「どうも」と返してくる。

栗色の髪を後ろでひとつに束ね、しなやかな長身を男ものの袍褲で包んだこの侍女は、雛花の護衛も兼ねている。琥珀色の瞳をくるりと巡らせ、彼女は白い歯を見せて笑った。

「そっすねー、まあその話、私は雛花さまの付き人を辞す気がないんで早々にお断りしたんですけどねー」

「……ありがとう。そこは感謝してるの。だけど、それとこれとは別だから嫉妬をやめる気はなくてよ」

「あ、分かってます」

春を詠む詩に「春眠暁を覚えず、処処啼鳥を聞く」とはよく言ったもので、ぽかぽかと眠気を誘う陽気に、どこからともなく聞こえてくる雲雀のさえずりがのどかだ。

緑の茂る里院を見下ろす露台の縁椅子に木綿の荒布を敷いて座し、手習い用の竹簡に筆を滑らせていた雛花は、みしっと音を立てて写しかけの石碑片を握りしめる。

「ああ羨ましいやれ羨ましい心の底から妬ましい。前から思っていたけど、おまえ、きっと人生『いいじいもうど』なのね」

「……なんスかねその『いいじいもうど』って」

「老人になっても禿げず、豊かな毛量を誇って周囲のおばあさんにモテモテなおじいさんのように、一括して愉快に送れる人生だってことよ」

「ああ、『いい爺毛度』っすか……いや、私は女性なんで、それを言うなら老いても皺ひとつないつるつる卵肌の『いい婆肌度』がいいですけどね」

「わたくしも『いい爺毛度』な人生がよかったわ。珞紫なんて、わたくしの知らないところでそっと出世してしまえばいいのよ」

「いや、呪いになってませんからねそれ。って、そうはおっしゃいますが雛花さま。あなたがお持ちのものも、普通に考えれば相当なものだと思いますよ？」

珞紫は雛花の全身をまじまじと見て、笑みを深めた。

ほのかに紺碧を帯びた黒髪。長く豊かなそれは、ひと房編んで頭頂でくるりと双鬟を結い、柘植の笄と七宝胡蝶の簪で留めてもなお余る。

皇女としては異例なほど質素な生成りの上襦下裙に包まれた華奢な肢体、薄手の麻の披帛をかけた細い肩。白磁の肌に珊瑚の唇、長いまつげに縁取られた眼は濡れて大きく、虹彩は孔雀の羽のような深緑。

「うん、今日も大変お美しい。ってホント、黙ってりゃ傾城傾国、天女もかくやな外見なのに、口を開けば台なしそのものですね我らが姫さまは……どーしてこう、嫉妬深い残念なご性分なんですかねえ……」

「聞こえなくてよ。ものははっきりおっしゃい珞紫」

「いえ？　何を羨ましがることがあろうかと。なにせあなたは」

この槐帝国のご宗室、公主さまなのですからね、と。女官は続けて笑った。

聞いた瞬間、雛花は「皮肉？」と頬をひくつかせる。

「――公主なんて名ばかりのみそっかすだけれどね！」

うららかな午後の陽射しは、ここ、槐帝国の禁城にも春らしさを運んでくる。

老中黄の釉薬がつややかに光を弾く瑠璃瓦、鮮やかな丹塗りの柱、雪のごとき白壁の対比が見事な宮殿。

広大な敷地には、澄んだ水を湛えた湖に、曲線を描く太鼓橋や、青々と苔むした太湖石を配し、回廊で繋がれながら群れを成す小離宮が連なる。昼は花々が咲き乱れ小鳥がさえずり、夜は涼風が吹き月が皓々と冴えた。

通常であれば、このように美しく恵まれた環境でのびのびと育った皇子皇女たちは、心身ともに健やかで、あるいは寛大な、あるいは尊大な性質を持つ。

ただし、とある事情を持つ雛花だけは例外である。そんな四季折々の花々を咲かせる庭を歩くたびに、兄姉たちから後ろ指をさされてきたのだから。

かぐわしい花のかんばせにだけ恵まれても、所詮は実を結ばぬ花。

——徒花公主、と。

『なんであいつはまだ禁城にいられるんだ？　たしか、昔馬鹿をやらかした罰で、辛うじて皇籍剝奪されていないような身分なんだろう？』

『後宮から追放されて、使用人もわずか二、三人の小離宮暮らしだなんて、帝国史上きっと初めてよね。しかも離宮とは名ばかりのおんぼろあばら家よ』

『おまけに、お勉強はできても術での実践はてんで駄目な役立たず。しょせん見てくれだけじゃあねえ』

（ええそうですとも。できそこないの落ちこぼれなのは事実だし、あばら家暮らしも、悪口言われ放題イヤガラセされ放題の生活も、ぜんぶ自分で選んだ結果ですけれども!!）

兄姉たちは、ひらひらきらきらと美しい衣を見せびらかしながら、みじめな離宮暮らしの雛花をさんざんいびった。

中には、実害をともなう悪質な嫌がらせもあった。衣を汚されたり、暴れ馬や狂犬をけしかけられるのは序の口で、小離宮に火をかけられそうになったことすらある。

そして、生前の父帝は、それらを全部知らんぷりどころか、煽るようなそぶりすらあった。

（——だからってなんなのよ！）

心ない人々に負けて、性根まで出来損ないに堕するのは我慢がならない。

そこで雛花は、怒りの力を注ぎ込み、ひたすらに己の研鑽に努めた。書ひとつ取っても、書庫をひっくり返すほど広く読みあさり、手習いをし、すみずみまで覚えるほど繰り返し、完璧に究める。

それだけなら「ご声援どうも、お蔭で成長できました」と美談ですむ。

が、その反面——長年にわたるあれこれに、雛花はすっかりやさぐれてしまっていた。

「ふふふ……悪口を悪口で返して泥の塗り合いしてたんじゃ、つまらなくてよ。どうせなら、人に蔑まれる前に自虐して、踏まれる前に足の下にもぐって嫉妬に満ち溢れたまなざしで見上げて度肝を抜いてやってよ！」

「いや、それはそれでどうかと思いますよ雛花さま」

平たい話、「どいつもこいつも恵まれすぎだわ……！」と相当な羨ましがりの嫉妬深い性格になってしまったのである。

趣味、自虐。特技、嫉妬。

伊達に周囲から「あいつよりもマシだ」と言われ慣れていない。

「ふふ。たとえるに徒花だなんて皆さまうまいことおっしゃいますのね。どんな花でも咲くのは地べたから。人から動植物に始まり果ては水や空気に対してまで、大輪の嫉妬の華を咲かせ続けて幾星霜、槐宗室の自虐姫とはわたくしのことよ！」

とはいえ兄姉たちは、やがて飽きたのかとんと手を出してこなくなったのだが、雛花の嫉妬自虐癖が直ることはなかった。あるじのたわごとに、珞紫は眉間を揉んでいる。

「ドヤ顔で言わないでくださいよ。別に踏まれっぱなしで終わる気はないんですよね？一発逆転狙ってるっていつも息巻いてるじゃないですか雛花さまは」

「そうね。この桃華源ではそれが可能だもの」

（ええ。この地で、宗室であるわたくしに打てる手はひとつだけ）

――わたくし、何をしてでも必ず『天后』になってやるの、と。

孔雀緑の瞳に闘志を宿らせ、雛花は小さく拳を固めてみせた。


鬱蒼と暗く生い茂る巨大な樹海や、一面の砂海が、東西を隔てる世界、その東側となる『桃華源』。

創世神話いわく。一対の男女神、伏羲が縦糸を、女媧が横糸を。渾沌より『文字』として濾し取り、紡ぎ出し、織り上げた一枚布がこの桃華源だ。

そして雛花の国、槐帝国は、千年の長きにわたり桃華源のほぼ全土を統べている。肥沃で広大でありながら、恐ろしい人喰いのばけものが跋扈する地を治めるため、槐皇帝の血筋には代々不可思議な力が宿っていた。男女の創世神と語らい、その身に降ろすことができたのだ。

すなわち。

男神、伏羲に選ばれ、その力を司る者が『皇帝』に。

女神、女媧の力を得た者は、皇帝を助ける『天后』として。

神々に選ばれるごとにそれぞれが立ち、代々国を治め、守護してきた。

（皇統の誰が天后になるかは、まさに女媧娘々のみぞ知ることだもの。だからわたくしたちにできるのは、せいぜい娘々に選ばれる努力をするだけ）

不思議なことに、神々に選ばれるのは皇帝の子供だけ。また、その力は、神話のとおり文字に宿る。だから、皇子皇女らは、詩歌をはじめ、文字の世界を学ぶ必要がある。もし己が神々に選ばれた時、正しくその力を使いこなすために。

神に選ばれた途端、権力の頂点に躍り出る彼らは、一人の例外もなく名君揃いであることで有名だった。ことに勤勉で、人徳があり、力に驕らず善政を布ける者だけが力を授かるのだとは、周知の事実となっている。

ところが、その天后の座が、ここ二十年ほど空いたままなのだ。

（だからわたくしが、もっともっと勉強して、絶対に天后になってやる。天后の証の蓮華龍鱗紋を、この手首に浮かばせるのよ。それで必ず、紅兄さまを——）

「あ、雛花さま。言い忘れてましたけど、そろそろお客さまがおいでのはずですよ」

考え事に沈んでいた雛花は、珞紫の声ではたと顔を上げた。

「お客さま？」

「ええ。さっき、荊将軍が、間もなくこちらに姫さまの顔を見に来られると……」

「うそ、紅兄さまが!?　それを早く言いなさい！」

（わたくし、髪は乱れてない？　ああもう、紅兄さまがいらっしゃるなら、もっと綺麗な格好をしておいたらよかった!!）

湖面に姿を映して慌てて身だしなみを整え、布の履に包まれた小さな足を鳴らしてぱたぱたと門に駆けていく雛花の背に、「乙女ですねぇ」と呆れたように珞紫が呟いたのは、本人には聞こえていなかった。


「紅兄さま！　ごめんなさい、こんなところでお待たせしてしまって」

雛花が里院の入り口に駆けつけた時、件の客はすでに到着していた。

ひび割れた花崗岩の月亮門から伸びる回廊の、丹塗りの柱に背を預ける長軀の青年を認め、雛花は上がった息と一緒に、どきどきと速まる鼓動を宥める。

「そう急がなくても大丈夫だよ、小花。元気そうで安心した」

微笑んでこちらを見下ろす彼の、深い緋色の虹彩が特徴的な切れ長の眼に、「ええっと、紅兄さまも」としどろもどろに返しつつ、雛花は思わず見とれた。

荊志紅。

雛花の三つ年上で、禁軍の右龍武軍で儀同将軍を務める若き俊才だ。

涼やかに整った秀麗な面。うなじだけを伸ばして結い上げ冠の下でまとめられた、陽にすかすとあかがねの光を流す黒髪。袖や裾に雷紋を縫い取った濃紺の袍と套褲を身につけた長身は、一見して痩身ではあるが、無駄のない筋肉で鎧われている。

(本当に。紅兄さま、今日も、……素敵だわ)

ほう、と雛花はため息をついた。ただ立っているだけでも、どことなく、彼の周囲だけ静けさ、穏やかさで満ちる気がする。柘榴のごとき深い緋色の瞳がそうさせるのだろうか。

ちなみに槐帝国の軍事は、大きな四つの軍団を基盤としている。すなわち、左右それぞれの龍武軍、羽林軍だ。さらに、それぞれの軍団は二つ、四つ……と枝分かれしていくが、志紅の地位である『儀同将軍』とは、上から三つ目に大きな集団の長。彼は、異例の弱冠十九にして、二千人の兵を率いる、名実ともに軍の出世頭なのだ。

「本当、天は二物を与えずって言うけど紅兄さまには三物四物与えてますわよね、あー羨ましい……」

「なんだか相変わらずだな、小花は。褒め言葉として受け取っておこう」

挨拶がわりに恒例の嫉妬を並べる雛花に、慣れた調子で軽やかに流しながら、志紅は柔らかく笑った。

心地よい低さで、穏やかなのにひどく甘い声。己の名を呼ぶすべての声の中で、この青年の――「小花」という音の響きが、雛花は最も好きだった。

「お久しぶりですわ、紅兄さま。いつぶりかしら」

「先月の、きみの母ぎみの鎮魂の儀以来かな。元気そうで安心したよ」

（あなたに会ったから、元気になったんです！　なんて、言えたらいいんだけど！）

我ながら現金なものだと、はしたなくゆるんだ頬を隠すように、雛花は話題を逸らした。

「お仕事でお忙しい紅兄さまが、なんのご用？」

「ちょっとしたお誘いをね。勉強は進んでいる？」

「皇宮書庫内にある書物は三周くらいしました。もう、主だったものは全部暗誦できます」

「そうか」

偉いな、と、緋色の瞳を和ませて髪を撫でてくれる志紅に、雛花はほのかに頬を染めた。

（嬉しいけど、複雑。こんな風に撫でてもらえるのは幼馴染の特権だけど！　彼の中で、わたくしはいつまで『小花』――ちいさな子供のままなのかしら）

かねてより悩みの種だが、逆に、そんな些細なことで気を揉めるだけ幸せなのかもしれないと思い直す。――彼の氏族、荊家は、かつて壮絶な没落の憂き目に遭っているのだ。

（紅兄さまのお父ぎみ――荊志青さまが謀反を企て処刑された大事件、〝荊の乱〟……よくぞここまで陛下や諸侯の信頼を取り戻して出世されたわ。紅兄さまが、どれだけ頑張ってきたか、わたくしもよく知っているもの）

一連に志紅は関わっていないが、反逆者の息子として族誅の対象となり、危うくもろともに処刑されるところだった。それなのに、父を奪われたことを怨みに思うでもなく、槐帝国に尽くす彼の忠義は本物だ。

乱の後の荊家は、当然のこと冷遇され、さらに彼が周囲から受けてきた嫌がらせの数々は、雛花の受けるそれの比ではなかった。だから、志紅の今の地位は、純粋に彼の実力と、積み重ねてきた努力のたまもの。

（わたくしが天后を目指すのは、そんな紅兄さまのお役に立ちたいから。……でも）

昔から、天后になりたいという雛花の夢を、馬鹿にせずに聞いてくれたのは、ほとんど志紅だけだ。最も親しい異母兄ですら、「天后とは大きく出たな！」と笑い含みだったのである。もっとも、その理由は分かっている。

「勉強は順調なのだけれど、……令牌術は相変わらずさっぱりで。一応、使えはするけれど、威力がぜんぜん……。先ほども、修練になるかと樹海産の石碑を写していましたの」

「……雛花は本当に天后になりたいんだね」

「ええ、それがわたくしの生きる道ですもの！　でも、……今のところ女媧娘々が降りてくださる気配はありませんわ」

「そうか」

見栄を張った後で、ぽそぽそ素直に付け足す雛花に、志紅は苦笑した。

それから、「そうだ、誘いの件」と手を打つ。

「小花。もし忙しくなければ、今日は外に出てみないか」

「え？」

そこでやっと雛花は、彼が、儀同将軍の証である、虎を象った翡翠の佩玉を身につけていないことに気づいた。

少し話があって、と志紅は月亮門の奥を指さす。そのさらに先にある、城市を示して。

「勉強の気晴らしにお忍びで。門衛には俺がうまく言っておくから」

槐帝国首都、春燕。

国内でも中心部となる四つの都のうち、もっとも大きな城市である。四季の名を冠する州都として著名な他の都、夏鷺、秋鶸、冬鴛は、それぞれ帝国の三方に睨みをきかせるがごとく配され、中央の春燕を守っていた。

その街並みは、石の城壁に設けられた高楼、赤や青の瓦が目もあやな白い家々など、砂海や樹海に隔てられた遠い西方に至るまで様々な文化の影響をうかがわせる。

こと、南北を貫く目抜き大路を囲む市場は、春燕の名所として知られていた。

酒粕で煮込んだ渡り蟹、牛の乳を酢で固めてくるみや蜜を加えた餅菓子など、ところせましと立ち食いの店が軒を連ねる。

道端に石を積んだ急ごしらえのかまどに、大人の背丈を越すほど山と積まれた蒸籠から、いい香りを含んだ湯気がもうもうと漂ってきた。

「あ。あのお饅頭、美味しそうで羨ましいですわ」

お忍びのため、簡素な薄緑の襦裙の上から袖なしの木綿の比甲を羽織り、白木の簪で髪を結った雛花は、露天商の売る包子に目を留めた。

はしゃいでいるはずの台詞に、隣を歩く志紅が軽く額を押さえる。

「待って小花。美味しそうは分かるけど羨ましいって何」

「だってあんなに肌が白くてもちもちで、頭の中に濃厚な餡がぎっしり詰まってたら、きっと饅頭界の出世頭なんだわ。いいわね人生楽しいでしょうね」

「小花はおかしなことを言うな。それを言うなら饅頭生だと思うが」

「おかしなことってそこ!? 紅兄さまって変なところで律義ですわよね」

「そうかな。じゃあ、どうぞ」

「えっ!?　いつの間に注文してらしたの？」

蒸したての包子をひょいと手渡してくれる志紅に雛花が驚くと、志紅は「ずっと蒸籠を見てたから、食べたいのかと思って。それに、少し寒かったし」と肩を竦めた。

真中にぽつんと赤い枸杞の実が飾られた包子は、ほこほこと手の中で湯気を立て、思わず雛花は見入ってしまう。

（すごい。まさに食べたかったのだけど、絶対、さっきの会話より前に買ってらしたわよね。昔から不思議。紅兄さまってよく気がつくというか、わたくしが言う前に、心を読んだみたいに先どって行動できてしまうのよ。……きっとみんなにそうなんだろうけど！）

常の癖で卑屈になって、動きを止めた雛花の様子を、志紅は違う意味に取ったらしい。

「ごめん、小花はもう小さい子供じゃないのに、つい、昔みたいに……。立ったまま食べるのは気になる？」

「だ、大丈夫ですわ！　違います、逆で！　美味しそうで見つめてしまっていただけ！」

慌てて一口かじると、熱々の包子には、やはり野菜や豚肉の餡がぎっしり詰まっている。もっちりした皮の甘みと、餡から滲み出た肉汁の具合が絶妙だ。

「う。おいっしい……やっぱり勝ち組……」

思わず口許を押さえる雛花に、「よかった。でも、食べ物を褒めるのに『勝ち組』とは初めて聞いたな」と志紅は微笑んだが、そこでふと表情を曇らせる。

「ところで小花。最近、困ったことはない？　何か、きみの心を煩わせるような……」

「離宮の室内にカマドウマが出ました」

即答する雛花に、志紅は一瞬黙り、思わずといった風に噴き出した。

「そうか、カマドウマ！　そういえばあの虫、小花は昔から苦手にしていたから」

「わっ、悪かったですわね臆病者で！　怖いものは怖いのですもの！　でも、あれだけ肢が長くて俊敏に跳躍できるなら、さぞ気持ちがいいでしょうね。勝ち組だわ……」

「饅頭の次は虫か。なんにでも嫉妬して楽しそうだな。でも、虫でよかった。万一、また妙な嫌がらせを受けてでもいたら、……ゴミを処分する手間を考えないといけないから」

「？　ごめんなさい紅兄さま、最後、なんておっしゃったの？」

あのバッタを数倍気色悪くしたような堂々たる姿を思い浮かべて身震いしていた雛花は、志紅の低い呟きを聞き逃してしまった。しかし彼は、「いや？」ととぼけてしまう。

「けど、そうか。虫に怯えないといけないほど、やはり今の離宮暮らしは辛いんだね」

ふっと表情を暗くする志紅に、雛花は「そんなことないです！」と焦った。彼は、雛花の離宮暮らしを、かねてから気に病んでいるのだ。

実際、荒れた家屋の補修を手伝ってくれたり、食材を届けさせてくれたり、彼にはこれ以上ないほど絶えず心を配ってもらっている。私費を投じての小離宮の建て替えや新しい使用人の雇用までも頻繁に打診されていて、そのたび雛花は「大丈夫ですから！」と固辞してきた。誤解を招いては申し訳ない。

「虫はたまたまで……いつもは住めば都というか埴生の宿も我が宿というか！　ほら、『南窓に倚りて以て傲を寄せ、膝を容るるの安んじ易きを審らかにす』……、って崑崙の詠仙『陶淵明』も言っているじゃないですの！」

　南側の窓によりかかってくつろいでいると、狭い我が家の居心地のよさが実感できる、という意味だが、自分の家を膝を折ってやっと身体が収まるほどの狭さと表現する破格の自虐っぷりが雛花のお気に入りなのだ。

「陶淵明とはおいしい酒が呑める気がするんです、まあわたくしは下戸なんですけど！」

　わたわた言い募る雛花にしばらく唖然としていた志紅だが、やがて苦笑した。

「謙虚だな、小花は。すぐそばにある槐の後宮は、玉の装い瑠璃の床と言われるほどなのに。豪奢な調度や美しい内装に憧れない？　たとえば皇貴妃の居室に入って、紅い絹の寝台に寝転んでみるとか」

「それはむしろ羨ましすぎて憧れるより夢の域ですもの！　妄想にしたって皇貴妃なんて畏れ多くて。きっと毎日、金襴の襦裙を着て、卓いっぱいにごちそうを並べて。ほかほかのお饅頭も食べ放題……なんて暮らしがわたくしに似合うわけがないから、やっぱり匂いだけで十分です。きらきらの衣装は着るより着られそうですし」

「そんなことないのに。お遊びで言うのは自由だろう。他には、何がしたい？」

他愛無い(たわいな)後宮ごっこの想像をして笑い合いながら、隣を歩く青年の顔を、雛花はちらりと盗み見る。

好きだからこそいっそう美しく感じる横顔にしばし見とれ、味などあるはずもないのにとろりと糖蜜(とうみつ)じみて感じる低い声を聞く。そのたびに——どきどきと胸が高鳴る。

「小花、どうかした？」

挙動不審な雛花に、志紅は訝(いぶか)しげに首を傾げた。

「べ、別に!?　お饅頭が美味しかったなって、思っていただけですの」

「そう。じゃ、もうひとつ食べる？」

「いりませんっ。……太りますもの」

「小花なら太っても可愛いよ」

「かわっ……!?」

直截(ちょくせつ)な単語に、ぼっ、と顔から火を噴く雛花に、志紅は穏やかに付け足した。

「うん。くるみで頬袋(ほおぶくろ)をぷっくりさせたリスのようになると思う」

「………ちゅう」

「ははっ、今は細すぎて心配になるくらいだから似てはいないな」

とっさに受け狙いで鳴(な)き真似(まね)してしまう機転を雛花は呪った。実際、リスがちゅうと鳴くかは知らないが。

（って、女子をたとえるのにネズミの仲間はないでしょ紅兄さま!?　たとえネズミ並みに存在感が薄くて色気がないって意味だとしても、って自分で言ってて傷ついたわわたくしの馬鹿！　もう！　ほんとに、このド天然兄さまはわたくしのこと妹だとしか思ってない!!）

舞い上がったところを、無自覚だからこそ適切に叩き落とされ、雛花はがっくりと肩を落とした。

（わたくしだってもう、十六歳だし……少しくらい、女性扱いしてくれたっていいのに）

むくれてそっぽを向く雛花の頬を指先で押して、志紅は肩を揺らして笑っている。

「小花、百面相」

（いたずらが成功した男の子みたいな顔）

それこそリスよろしくむーっと頬を膨らませていた雛花だが、志紅の顔を見上げていたら、心臓がまた、ことことと音を立て始めた。

儀同将軍として訓練に臨む厳しい表情も見たことがあるし、とてもかっこいいけれど。こうして親しい間柄にだけ少し気の抜けたところを見せてくれる瞬間が、一番。

（ああ。……やっぱり大好きなんだわ。わたくし、このかたが）

そして幾度となく憧れを自覚するたび、幼い頃から引きずり続けた恋心が、しくしく痛むのだ。

（わたくしが今目ざしているのは、生涯を未婚でつらぬく国守の巫女、天后。紅兄さまのお嫁さんになりたいなんて、本気で思っていたのは昔の話なのに。はあ、駄目ね。いい加減、諦めなきゃいけないって分かっているでしょう）

──〝ああ、不快だ。お前の首をこの場で代わりに落としても、余にはなんの利にもならぬ。せめて不在続きの天后の座をお前が埋めてみせるくらいの気概は見せよ〟

かつて、床にひれ伏し額をこすりつけた雛花の頭の上から降ってきた、父帝の冷ややかな声が耳に甦る。崩御してなお、その言葉は呪縛のように魂に絡みついて離れない。

日常というのは壊れやすい。いい意味でも、もちろん悪い意味でも。雛花はそれをよく知っていた。今も隣で笑う彼を、あと何回、こうしてそばで見られるのだろう。

「それにしても紅兄さま。市街って、いつもこんなものだったかしら？」

暗くなりがちな思考を追い払うように、雛花は志紅に話題を振った。ふと、城市の様子がいつもと違うことに気づいたのだ。

「いつもこんなもの、って？」

「なんとなく、前に来た時より活気が乏しいような気がいたしますの」

きょときょとと周りを見回して、雛花は首をひねった。

最初は久々の外出にはしゃいでいたから気に懸からなかったが、店舗を持つ商店はともかく行商や露天商も少なく、買い物をする人々はどこか浮き足立って見える。

雛花の問いに、志紅はわずかに眉根を寄せて視線を落とした。

「ああ……最近、城市には『渾沌の魔』がよく出るから、それでだろう」

「え？　たしかに、多いって話は聞くけれど、こんな街中にまで？　まさか」

「女媧娘々が天后をお選びにならず、かれこれ二十年だ。軍も令牌術士も警護に腐心しているが、それでも少しずつ侵入してくる数は増えている。これぱっかりは仕方ないさ」

桃華源という巨大な一枚布の世界において、横糸は韻、縦糸は容。

それぞれが文字の音と意味を指し、この組み合わせでさらに木、火、土、金、水の五彩の紋様が織り上げられ、さらに五彩の組み合わせで森羅万象が成る。神々の付ける名によって万物が定まる、この理を韻容五彩と呼ぶ。

しかし、名付けられることを拒み、その布から零れ落ちたものは『渾沌の魔』と呼ばれ、樹海や砂海から顕れては桃華源を喰い荒らしに来る。魔はばけものの形を取ることもあれば、竜巻や地震のような天変地異を起こす場合もあった。

「春燕はまだましで、辺境は数年前から饕餮の害に喘いでいる。討伐しようにもそんな大物、陛下お一人では手に負えなくてね」とため息をつく志紅に、雛花は胸が痛くなった。

（皇帝と天后がきちんと揃っていれば、渾沌の魔は韻容五彩の布目をかいくぐって来られない。今は皇帝陛下だけで国を支えているに等しいもの。きちんと治世をするためには、早く皇統の誰かが天后にならないと……）

よく見れば、家々には補修中だったり、屋根や外壁が大破したところもある。皇宮に籠ったままでは実感しがたい市井の実情に、雛花は眉をひそめた。

（だめね。せっかく紅兄さまとお出かけなのに。変な話題で空気を重くしちゃった）

気まずくなって、雛花はさらに話題を変えることにした。

（そうだ、懐かしいといえば）

「見て、紅兄さま！　花文字のお店があるわ」

雛花は、大通りに掲げられた飾り看板を指さして声を上げる。

花文字とは、槐帝国に古くから伝わる伝統工芸で、読んで字のごとく文字を花のように彩ったものだ。名前や詩句などを、神獣や花鳥など、縁起のいい紋様で飾り立てる。文字が力を持つ桃華源において、一般的で霊験あらたかなおまじないだ。

ちなみに、修行によって伏羲や女媧の力をわずかばかり借り、詩などの詞によって文字の力を駆使する人々のことを『令牌術士』という。大多数は皇宮に勤めているが、稀に野に下る者もいる。

実力のある令牌術士ならば、水にまつわる詩を吟じれば涸井戸に水が湧き、火にまつわる詩を薪に唱えれば炎を発す、という。

（令牌術の心得はわたくしにもあるけれど、あまり術がうまく使えないのよ。どうにか上達したいのだけれど……。そもそも、令牌術の中身は碑文に縛られるし、大きなことは数名がかりでやっとできるかできないか、なのよね。天后なら、詩どころか、文字をひとつ宙に書くだけで、天から滝のような雨を降らせ、地をも貫く火柱を立てることもできるというのに)

物想いに沈む雛花に、志紅が「ああ、そうだ」と手を打つ。

「よかったら、久しぶりに何か書いてもらおうか？　あっちの行列ができている花文字の店は、退役した令牌術士がやっているらしい。簡単な願い事なら叶うかもしれない」

志紅の提案に、雛花は、店先に並べられた花文字の見本を眺めた。縁起のいい『喜』『福』などの字や、ありがちな個人名の上で躍る、色とりどりの梅や牡丹。

立身出世の縁起をかつぐ金泥で鱗を縁取った鯉、富の象徴である古銭、成功を祈る船。男女の神々の化身であるとされる黒白の蜥蜴。そして、彼らの本性とされる、銀のたてがみを持つ黒龍の伏義真君、金のたてがみの白龍である女媧娘々――。

「ええ……久しぶりに、書いてもらおうかしら」

「いいよ。なんて書く？」

(いつか、紅兄さまがわたくしのことをちゃんと女の子として見てくれますように、……って、きっと昔のわたくしなら願っていたわ)

一瞬だけ過った不埒な願いを、雛花は即座に頭の片隅に追いやった。

「無事に女媧娘々をこの身に降ろせますように、って」

雛花がそう言った途端、志紅の緋色の瞳がわずかに翳った気がした。

「紅兄さま？」

「さっきもそうだったけど。やっぱり、何をするにも天后の夢が最初にあるんだね、小花」

「えっ？　はい。無理だ無茶だと言われ続けていますし、令牌術もろくに使えない、頭でっかちの能なしとそしられようとも、というか実際そのとおりでも、諦める気はございませんわよ」

「息をするように自虐するな本当に……。いや、それはいいとして。こんなことを言ったら、小花は怒るかもしれないけど……」

一呼吸置いて、そこで志紅は、わずかに視線を落とした。

精悍な顔にどこか物憂げな色が差し、雛花がいぶかった時だ。


「小花。天后になるのを諦める気はない？」


ひゅう、と咽喉をざらついた空気が通りすぎていく。

一瞬、何を言われたか分からず、雛花は瞠目した。

「は、はい……？　ごめんなさい、よく聞こえませんでした……」

今日、本当にしたかった話はそれだ、と志紅はさらに続けた。

「天后になるために、小花がずっと努力していたのは知ってる。皇子皇女の中でも、古今の学問を特に究め、礼儀作法や歌舞音曲を能くする者を神々は好む傾向にあるから。でも、もうそろそろ天后を目指して長い。見切りをつける頃合かもしれないと――」

「どうして？」

まだ何か言おうとしている志紅を、雛花は遮った。

「いきなり、どうしてそんなことを言うんですの？　紅兄さまは、――応援してるって、努力しているわたくしがいいって！」

「小花」

「臥薪嘗胆どころか岩石を枕に竹炭を齧って日々励み、地べたを這いずり回って血ヘド吐いて眼から血涙を流しているわたくしが気に入ってるんだって、おっしゃったじゃありませんの！」

「いやそこまで言ってない」

冷静な突っ込みが入る。ぐっと詰まる雛花に、さらに志紅は追い打ちをかけた。

「この際、きちんと話しておいたほうがいいと思って。小花、きみは天后に向いていない」

「え……」

「それできみが幸せになれると、俺にはどうしても思えないんだ」

何を言われているんだろう。雛花は、その場に呆然と立ち尽くした。よりによって、彼

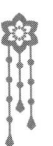

から、そんな言葉を。震える唇から、ようやく声を絞り出す。

「あなたからだけは、聞きたくなかった……！」

かっと頭に血が上(のぼ)り、雛花は衝動的(しょうどうてき)に叫んでいた。

「嘘(うそ)つき！」

「小花——」

「わたくし絶対諦めない。どんなことをしても、女媧娘々に降りていただいて、天后になるんだから！」

勢いのまま言い捨て、そのまま背を向けて走りだす。履(くつ)の先が小石を蹴飛(けと)ばす微(かす)かな音にまじり、志紅の引き止める声がしたが、意識の外に追い出した。

「けど、小花、……きみは、決して天后になれないんだよ」

数秒ののち、その背に呟く志紅の柘榴(ざくろ)の瞳に閃(ひらめ)くほの暗いものに、駆け去った雛花は気づかなかった。


（運動不足……なめてましたわ……）

どれぐらい走ったか分からない。気づけば、知らない路地裏に入り込んでいた雛花(すうか)は、そこでやっと息をついた。足だけでなく身体の節々が痛い。

(ああ、この体力のなさ。口は達者なのに、走ればすぐへばるのは、我ながらどうにかしたいところね)

背後を振り返るが、志紅が追ってきている気配はない。大通りで人ごみに紛れてしまったせいだろう。今ごろ、心配して捜し回っているに違いない。

(たしかに、紅兄さまの言うことも分かる。普通に考えれば、わたくしが天后に選ばれる可能性は限りなく低いわ)

報われない努力を続ける妹分を見て、哀れになったのだろう。そろそろいい加減にしておけという、幼馴染ゆえのあけすけな親切心なのかもしれない。その親切は、またの名を余計なお世話という。

(あんまりだわ。よりによって他でもない紅兄さまに、そんなことを言われるなんて！　だって、わたくしが天后を目指している、本当の理由は……)

他でもない、志紅のため、なのだ。

――天后の権力があれば、逆臣と誹られ、落ちぶれた彼の家を再興する手助けができるかもしれない。念頭に、その目的がずっとある。

何より、必ず女媧を降ろすと、生前の父に誓った。雛花にとって天后就任は、夢であると同時に使命でもある。込み上げる悔しさに、雛花はぐっと唇を噛みしめた。

(けど……心配してくれているのはたしかだもの。戻って、謝らなきゃ……)

冷静になって周囲を見回せば、くたびれた柳の路樹や、苔むした石壁に囲まれた薄暗い路地裏はどことなく不気味で、おまけに微かに錆びたにおいがする。市場の裏手だから、きっと解体された家畜のものだろう。

人の声はしない。鳥の声や梢のすれる音もなく、静かなものだ。

そこまで考えたところで、はっと雛花は我に返った。静かすぎるのだ。

(待って。ここは大通りのすぐ裏手なのに、どうしてこんなに人通りがないの――?)

そして、この周辺は、よく見れば店の裏手ではなく、民家ばかりだ。肉屋でもないのに、この金臭いにおいはどこから漂ってくるのだろう……。

ぞく、と悪寒が背を這う。

(！　あそこ、……誰か倒れてる!?)

同時に、少し離れた石畳の上に、人がうつぶせに倒れているのを発見した雛花は、小さく声を上げて駆け寄った。

「どうなさったの!?　しっかりして！」

倒れているのは年配の男性だ。周辺に赤いものが散っており、傷を負っているのかと雛花は蒼ざめる。慌ててしゃがみ込んで上半身を抱き起こすと、彼は呻き声を上げ、薄目を開けて雛花を見た。

「あ、あんた、逃げ、……」

「えっ？」

かちかちと歯を鳴らす男に、雛花が嫌な予感を覚えた時。

すっ、と背後に黒い影が差した。


「──小花っ！」


聞き親しんだ声がしたと思った瞬間、強い力で男性ごと横に突き飛ばされ、雛花は地べたに転がる。したたかに打ちつけた全身が痺れ、たまらず咽喉に詰まった熱い息の塊を吐き出した。

（一体何が……！）

がきん、と金属が固いものにぶつかる激しい音に、地面に転がったまま視線だけそちらに向けると、ほどけて散らばった己の黒髪のすぐ先で、曲刀のような爪が石畳に喰い込んでいるのを認める。

（まさか）

胃の腑に、冷たいものが下りていく。ゆっくりと視線をさらに上に滑らせると──。

（やっぱり、『渾沌の魔』!?）

知識としては持っているが、近くで見るのは初めてで、そのあまりの禍々しさに瞠目した。

一角五尾、斑紋を散らした赤い毛皮を持つその姿は巨大な豹に似て、性質は極めて獰猛、そのうえよく人を喰う。

――猙、と呼ばれるけだものだ。

神々の布に濾し取られなかった余り物である渾沌の魔は、名によって成された世の秩序を乱そうとする性質がある。つまり、人や家畜を襲い、城市を破壊し、殺戮の限りを尽くそうとするのだ。

「雛花、早く大通りに!!　警邏兵を呼べ」

(!　紅兄さま、来てくれた……!)

志紅の声に、雛花は我に返る。先ほど、すんでのところで突き飛ばして助けてくれたのは彼だったのだ。

胸を撫で下ろしかけた雛花だが、自分が先ほどいた石畳が、まるで豆腐か何かのように裂かれているのを見て、ひっと息を呑む。

(本当に、こんな街中に)

志紅は剣を抜き、唸り声を上げて飛びかかってくる猙の肩を突こうと立ち向かう。だが、けだものは素早く、そして巌のような巨体を持っている。するりと攻撃をかわすと、鋭い牙が並んだあぎとを開き、刃にがつりと喰いついた。

（紅兄さまとじゃ、体格が違いすぎる……！）

そもそも猙など、とても一人で戦える相手ではない。軍と令牌術士が隊列を組んで、やっと互角に対抗できる魔だ。今、彼が殺されずに渡り合えていることすら驚異なのに。

とにかく応援に衛士を呼んでこなければ、と思った瞬間、背後で悲鳴が上がる。どうやら、渾沌の魔に気づいた通行人のものだ。腰を抜かした子供や、その腕を引っ張る母親を、猙の黄色い眼が捉えた。

（だめだ、兵を呼んでる時間はない。このままじゃ紅兄さまも他の人たちも危ない。ここで食い止めなきゃ……！）

雛花は、とっさに怪我をした男性を横たえて立ち上がり、お守り代わりに懐に入れていた石の小刀を握りしめる。唇をついて出たのは、令牌術の呪文だった。

「〝折剣の頭を拾得す、之を折りし由を知らず、一握青蛇の尾、数寸なる碧峰の頭〟――」

この小刀は、ただの石ではない。東西を隔て、数多くの渾沌の魔が生息する樹海から採れたものだ。樹海には、無数の石碑の群れが〝生えて〟いる。

樹海の石碑には、崑崙に住まうとされる神仙が記した詩句や経典の断片が刻まれており、神々の力の一部を詞を介して借りられる、不可思議な力を宿している。『令牌』とは、石碑を削り出して作った、術を使うための道具のことだ。

(力を貸して、詠仙『白楽天』!)

「〝疑うらくは是れ鯨鯢を斬るか、然らずんば蛟虬を刺すか〟……〝直折の剣を軽んずること勿かれ、猶お曲全の鉤には勝れる〟!」

長い詩をやっとのことで詠み切り、碑に刻まれた仙の名前を強く念じつつ、思い切り令牌の石刀を狰に投げつける。からん、と音を立てて転がった石刀は、たちまちその軌跡から無数の刃を生じた。

予想外の攻撃を受けて、かぁんと岩石を克ち合わせたような奇怪な咆哮を上げ、驚いた狰は束の間、動きを止めた。

だが、それだけだった。

雛花の術は弱すぎた。およそ致命傷を負わせるには短い刃などほとんどあたらず、狰は無傷に近い。ただし、逆上させるには十分だったようだ。

「小花、危ない!」

こちらに狙いを定めて飛びかかって来た狰を前に、凍りついて動けない雛花を庇い、志紅が立ちはだかる。雛花を庇った彼の肩口に、鋭い牙が喰い込み、血しぶきが上がった。

「きゃあ!? 紅兄さま……!!」

「俺はいいから、早く走れ、小花!」

ぎちぎちと肉が断ち切られる音に、雛花は悲鳴を上げる。
(誰か兵を——それじゃ間に合わない、このままじゃ……)
頭が真っ白になる。
志紅を失う?
こんなくだらない言い合いをしたままで?
(そんなの嫌だ! わたくしはどうなってもいいから。紅兄さまだけは……!)
『……ねえ、その男を助ける力が欲しい?』

念じた瞬間、ふわり、とすぐ背後に何かが舞い降りた気がした。
(え? 何……)
時間が、止まった。こんなふうに、悠長な問答をしている余裕などないはずなのに。
視界に映るすべてが色を失い、一瞬一瞬が、ひどく緩慢になる。
耳のそばで、誰かの囁き声がする。
『代償を払ってでも欲しい? その価値があると思う?』
男のような、女のような声音。
でも、誰だって構わなかった。

「欲しい」

（この人を助ける力が欲しい。今、欲しいの！）

自分が、彼を守るのだ。

（そのためなら、命だろうと魂だろうとなんだって差し上げるわ！）

金色を帯びた白い光が視界の端をたゆたう。己に呼びかけているのが誰か、雛花は本能のまま、理解した。

「……小っ、やめろ……それだけは、駄目だ……！」

同時に、必死に叫ぶ誰かの声が聞こえた気がした。けれど、すぐさま記憶の彼方に飛び去っていく。

己が呼ぶべきその名を、雛花は高らかに叫ぶ。

「――降りるなら、今おいでくださいませ、女媧娘々!!」

『心得た』

絶叫した瞬間、どん、と全身に重い衝撃が落ちる。

（熱っ！）

左手首にびりびりと雷撃を受けたような痺れが走り、内側がほの白く輝いたかと思うと、たちまち朱色の流線が浮かんできた。

蓮の華と龍の鱗を模した紋と、花弁の中央に〝韻〟の一文字。

この身に女媧が降りたとされる証、蓮華龍鱗紋だ。

「〝韻と容とで乾坤を描け〟」

頭におのずと浮かぶ文言をなぞるように唱え、雛花は、左手で人差し指と中指を揃えて立てた印を結び、宙にさらさらと筆のように滑らせると、仕上げに横ざまに薙いで放つ。

「我が身に降れ、女媧娘々！」

書いたのは篆書、ただ一文字。

反り返る刀身と、刀盤とを組み合わせた、斬撃を放つに最も適した武具を示す文字。

――【刀】と。

刹那。

かっと目の前が明るくなったかと思うと、志紅の喉笛の寸前まで牙を迫らせていた狰の身体が、真っ二つに割れた。

「嘘……!?」

剣で斬りかかっても、わずかに表皮を削るのみだったはずなのに。

己で術を駆使したはずでも、あまりの威力に雛花は口をぱくぱくさせながら、くずおれる狰を見守った。

断末魔も上げず一瞬で絶命した狢の、斑紋の浮かぶ毛皮が、みるみるうちに傷口から炭化するように黒く染まっていく。やがて、ざあっと砂のように溶け崩れて、跡形もなく無くなってしまった。

すべての渾沌の魔の末路は同じ。桃華源で姿を保てなくなり、渾沌に還る。

呆然と、宙に文字を書いた左手を見下ろす。なんだか、すべてに現実感が乏しい。人々の声や物音が、やけに遠いのだ。

（わたくし、今……）

（！　そうだ）

「紅兄さま、お怪我は」

「……大したことない。傷は浅いから」

働かない頭でも、最初に浮かんだのはそれだ。こちらに駆け寄ってくる志紅に問うと、予想どおりの言葉が返ってきたが、真っ赤に染まった肩はどう見ても大丈夫とは言い難い。

「それで大したことないなら、首が取れてもかすり傷とおっしゃりそうね。……ちょっとお見せくださいな」

手巾を破いて簡易な包帯を作り、志紅の肩の手当てをしていても、雛花はどこかぼうっとしていた。

ふわふわと足元が宙に浮いたような心地で、なんとか応急処置を終えたところで、後ろから「おい！」と声をかけられてビクリとする。

「あんた、公府の令牌術士さんか!?　助かった！」

興奮してこちらを見上げているのは、先ほど倒れていた男性だ。他にも、逃げる機を失ったのか、固唾を呑んで一連を見守っていた人々にも、わらわらと取り囲まれた。

「いやぁ、すっげえ迫力だったな！　令牌術ってやつは」

「あんなでかい猙、一撃でやっつけちまう術士さんなんてアタシャ初めて見たよ！」

「え、あ。わたくし……」

呆然と彼らの言葉を聞いていた雛花だが、だんだん状況をはっきりと認識できてくる。

（そうよ。たった一文字だけで、世の摂理を操って猙を退治できたのだわ。そんなことができるのは）

この世にただ一人。天后として、女媧に選ばれた者だけだ。

じわじわと一歩遅れて喜びが押し寄せてきて、雛花は頬を紅潮させる。

「紅兄さま。ご覧になって!?」

興奮冷めやらぬまま、雛花は満面の笑みで志紅を見上げた。

「わたくし、女媧娘々を降ろせました。次の天后は、わたくしです！」

「……そのようだね。おめでとう、小花」

明るい雛花と裏腹に、ひどく静かな表情で、志紅は淡く同意を返した。

2　篡奪の宵

「ちょっ、雛花さま!!　城市で渾沌の魔に遭遇した挙げ句、女媧を降ろしたってほんとですか!?」

「あら珞紫、ええそうよ聞いて驚きなさい、このわたくしが恐ろしい魔物も一撃必殺見事撃退、みそっかすと言われ続けて百年目、ついに天后の座を手にしたのよ、って話をする前にわだぐじの首を掴んで揺ざぶるのばおやめなさいいぐぶべべ」

「やめろ珞紫どの、小花の首絞まってるから」

　騒ぎが大きくなる前に、雛花と志紅はその場を後にした。住み慣れた小離宮に戻ってきた瞬間、入り口の月亮門をくぐったところで待ち構えていた己の侍女に飛び付くように尋問され、雛花は泡を食った。耳が早すぎる。

　首はさすがに離してくれたものの、珞紫は雛花の肩を掴んで全身を検分にかかる。

「お怪我は!?　ない!?　それは結構、むしろ大前提！　ってもう、心っ配!!　したじゃ！ないですか!!　荊将軍、あなたという人がついていていながら！　その腰の剣は飾り物ですか？　陛下に下賜されたとは名目ばかりのなまくらですか、ええ？」

「……返す言葉もない」

「珞紫っ、そこまでにしておいてちょうだい。紅兄さまは肩にお怪我をされているの。そもそもわたくしが勝手にはぐれたのがいけなかったのよ」

さりげなく、というより割と大々的に志紅を罵る珞紫に、雛花は焦って釈明した。珞紫は琥珀の眼をジトっと細めて志紅を見ていたが、「……しゃーないですね」とやがて諦めたように肩を竦めた。

「陛下にはいつご報告するんですか？」

「使いはすぐに出すわ。でも、煉兄さま……いいえ、陛下のことだから、きっと大喜びしてくださるはずよ」

雛花は、ほくほくとゆるむ頬を押さえる。三年前に先の皇帝が崩御すると同時に即位したばかりの年若い現皇帝は、雛花と最も仲がいい異母兄でもあるのだ。

一方で、珞紫はなおも気が収まらないのか、雛花に新しい上着を着せかけながら、くどくどと志紅に文句を言い続けていた。

「はーもう、うちの姫さまを連れ出したかと思ったら、おめおめ危ない目に遭わせるなんて。まあ野郎なんざに護衛を丸投げして留守番に甘んじた私が悪いんですけどね！」

「珞紫どの、少しいいか？　残りの苦情は後で聞く。先に小花を休ませてやってくれ」

「望むところです。負傷とやらの応急処置はすんでますね？　念のため医官を手配してますから、とっとと治療終わらせて里院に来てください。雛花さまは、どうぞこっちへ」

　言い捨てた珞紫は雛花を居室に案内すると、ちゃっちゃと薬湯を運ばせて身体を拭き、気を落ち着かせる香をたき、汚れた衣装を手早く取り替えてくれた。

「じゃあ、今日はもう大人しく寝ててくださいよ！　すぐ戻ってきますから」

　珞紫が出ていくと、ふわん、と室内香の甘いにおいが鼻をくすぐる。蘭や芍薬を使っているのか、どこか苦みもある配合だ。雛花は愛用の長椅子の上で膝を抱えた。

（夢みたい！　本当にわたくし、天后になれるのね!!　それにしても紅兄さまったら、突然諦めたほうが……なんて言い出すから、何か悪いものでも召し上がったのかと思いましたわ。改めて会ったら、次はちゃんと喜んでくれるはず、よ……ね？）

　引っかかるのは、雛花が女媧を召喚した後の志紅の様子がどこかおかしかったせいだ。切羽詰まった表情で、「小花、もう一度、女媧娘々を召喚してみせて」と詰め寄られた。なぜか二度目には女神は応じてくれず、「お疲れなのかしら？」とのんきに首をひねる雛花の横で、彼は眉間に皺を寄せて何やら深く考え込んでいるようだった。

（あれは、一体どうしてだったのかしらね。う━ん……要するにきっと、すごくご心配をおかけしてしまっていたってこと、だわ）

　――〝俺は、努力家な小花が好きだよ〟

懐(なつ)かしい言葉を思い出し、慣れ親しんだ埴生(はにゅう)の宿(やど)を見回してぼうっと物想いに耽(ふけ)っていた雛花だが、ふと胸につかえのようなものを感じて眉をひそめた。

（わたくしが、天后に——なって、いいのよね？）

それは、白い布にほんの一滴垂れた墨(すみ)のような、微かな不安だった。どうしてそんなことを考えてしまったのだろう。それに、なかなか珞紫が戻ってこないことも気にかかる。

（いい加減、遅くない……？）

昼間の騒動で、怪我人は出たが命に別条はなかったし、志紅の傷もそこまで深くはなかった。説教にしても長すぎる。第一、雛花も志紅のお蔭(かげ)で無傷ですんだのだ。

（やっぱり、ちょっと戻ってみましょう）

雛花は長椅子から立ち上がり、そろそろと様子を見に行くことにした。

果たして、目的の二人はあまり捜しもしないうちに見つかった。里院(なかにわ)の百日紅(さるすべり)のそばで、何やら真剣な面持(おもも)ちで話し合っていたのだ。

珞紫が鬼の形相で志紅を咎(とが)めているのかと思えば、そういう感じでもない。

（なんの話をしているの？　どうも、さっきの騒ぎのことじゃないような……っていうか、近い！　距離が!!）

肩を寄せ合うように、腕を伸ばせば抱き合えそうな距離で、男女が二人。これはもう、邪推(じゃすい)するなと言うほうが難しい。

（……あれで結構仲いいのよね。紅兄さまと珞紫って。いろいろ容赦がないのは親しいからとも言えるし……って、え!? この二人、もしかしなくてもそうなの!? 聞いてないわよ!? いや別に報告しなくてもいいのだけど！）

頭の中で推理を組み立ててみると、がつんと脳天を殴られたような衝撃があった。

（ひょっとしなくても、お付き合いしちゃったりしてるのかしら。ぜんぜんおかしくないもの。紅兄さまは落ちぶれたとはいえ武官の名門荊家出身の現儀同将軍で、珞紫も武芸に長けた家の出だし……。そ、そっか。知らなかったの、わたくしだけ？）

雛花よりも二つ年上の珞紫は、志紅と歳も近い。

珞紫はすっきりと背の高い健康的な美女で、目鼻立ちの涼やかな美丈夫の志紅と並んでも、まったく見劣りしない。正直、お似合いだと思う。

腐っても公主である雛花は、没落した荊家の志紅とは当然のこと結婚できない。天后になればなおさらだ。

一方で下級貴族の珞紫ならば、彼のそばにずっといることだってできる――

「……そっ、か。羨ましいなあ」

いつもの嫉妬の延長のつもりでなんとなく口に出したが、言葉にしてみると、予想以上にずっしりとその事実が胸に来た。

ぎしぎし軋む心臓に思わず目を閉じ、痛みをやりすごすようにぎゅっと眉根を寄せる。

「羨ましい、なあ……」

女媧を召喚できた喜びも、この時ばかりは色あせて頭から抜け落ちてしまっていた。

楠（くすのき）の大きな背板（せいた）に九頭の龍が細緻（さいち）にすかし彫られ、紫檀（したん）の手摺（てす）りには目にもあやな錦（にしき）、のみならず各部にふんだんに金銀をあしらった豪奢（ごうしゃ）な玉座は、この槐帝国（かいていこく）で最も貴い場所だ。本来ならば、少し後ろにある垂簾（すいれん）の座に、宝冠を被（かぶ）った天后（てんこう）が在（あ）って補佐を行う。

そして、その玉座に座り、かつ、五爪（ごそう）の龍を縫い取った金襴（きんらん）の龍袍（りゅうほう）、瑪瑙（めのう）や翡翠（ひすい）を連（つら）ねた前後二十四旒（りゅう）の冕冠（べんかん）を身につけることを許されるのは、『槐』と国名を姓に負う、帝国の頂点となる身分の者だけである。

謁見の間の奥、階（きざはし）を上った先の玉座に腰かけ、高みより室内を見下ろすその人は、雛（すう）花（か）たちが目に入った途端、ぱあっと相好（そうごう）を崩（くず）した。

「聞いたぞ雛花!!　おまえ、とうとう女媧（じょか）の召喚に成功したそうじゃねーか！」

「陛下、拝謁（はいえつ）の栄に浴し身に余る……」

「なんだ水くせえな。陛下、じゃなくて〝煉兄（れんにい）さま〟だろ？　ほら、いちいち堅苦しい挨拶（あいさつ）なんか必要ねえ。雛花も、その後ろの志紅（しこう）も、立った、立った！　そんで、とっとこっちに寄れよ」

（煉兄さま。相変わらず、子供みたいに笑う人ね）

促されて、両手を組み頭を垂れる拝礼を解き、跪く姿勢から立ち上がった雛花は、隣で拝謁する志紅と目を見合わせた後、玉座に座す青年に微笑んだ。

槐帝国の年若き皇帝、槐黒煉。

黒髪金眼、鍛え上げられた長身、曾祖母が南方の血を引くためよく陽に焼けたような浅黒い肌を持ち、精悍な顔立ちや気さくな表情ともあいまって、皇宮の女官や宮女たちのあいだでは密かに志紅と人気を二分している。

（煉兄さまとも久しぶりに会うけれど……よかった、いつもどおりだわ）

母の出自が武官の家柄のため、宗室としては異色の粗野な口調が特徴だ。かつては雛花にも他のきょうだいにもあまり興味を示さなかったが、とある事情から急速に打ち解け、いまやきょうだいの中では唯一、雛花を見下さず対等に付き合ってくれる人となっている。

なお、口調も含めて、彼はいろいろと規格外の皇帝だった。

たとえば従来の決まりでは、謁見を行う者も、そばに控える臣下も、直に龍顔を拝することは許されず、床にぬかずいて平伏する決まりだった。玉声も直に聞かせてはならず、言葉は専任の官を通じて下される。

それらすべてを黒煉は、皇帝になるなり「いやもう面倒くさいしそこにいるんだから顔見て話しゃいいだろ！」とすっ飛ばしてしまったのだ。前代未聞の新帝の振る舞いは、即

位当時は物議をかもしたものである。

「おはようございます煉兄さま。きょうも素敵にいい鬚毛度ですこと」

挨拶がわりの嫉妬をする雛花を、黒煉は快活に笑い飛ばした。

「ハハハ、なんだ、雛花はまだそんなこと言っていたのか。いやいやオレは、男に生まれたからには将来景気よく禿げ上がって、終生てかてかと太陽光を弾くのが本懐なのさ。人生、今生えてるんだから、いずれなくしてみても愉快だろ」

「いいえ、お言葉ですが……一度なくしたら二度と生えてきませんが、陛下」

雛花の後ろでそっと突っ込む志紅に、黒煉はさらに「がはは！」と明るく笑う。

「志紅は頭が堅ぇな！　それはそれで、フサフサの被り物でもすればいい話だろ。いや最近、馬の尻尾を七色に染めたカツラを西方商人が持ち込んでだなぁ」

「典冠たちが卒倒してたのはそのせいか……」

軽く額を押さえる志紅は志紅で、主君に対し割とくだけた態度だ。が、志紅は黒煉と幼馴染の間柄であるとともに、腹心の臣でもある。

志紅の父が起こした反乱のため、表だって重用されることはなかったが、私的な親交は変わらず、武功を立てた折には、皇帝の御物として代々伝わる『緋霄』と呼ばれる宝剣——大粒の赤瑪瑙で装飾を施し、霜雪のごとく光る白刃を持つ名剣だ——を内々に下賜されてもいた。

「顚末の報告は志紅からあらかた受けてるぜ。左手の蓮華龍鱗紋に〝韻〟の文字……通例どおりだな。俺は初めて見たが、間違いなさそうだ」

玉座から立ち上がり、下に控える雛花たちのところに下りてきた黒煉は、黄金の眼を珍しそうに眇めつつ、紋様の浮き出た雛花の手首を検分した。

「おめでとう雛花。この黒煉が認めよう。間違いなく、お前が新たな天后だ。ずっとなりたいって言ってたもんなあ。どうだ、今の気持ちは？」

鷹揚に頷き、問いかける黒煉に、雛花はにっこり微笑んで、堂々と胸を張って答えた。

「あ、はい。昨晩ひとしきりはしゃいだ後に、これは何かの罠に違いない、次はどんな悪いことがあるんだろうって怯えてますわ」

「暗いぞ!?」

「だって世の中、何かひとついいことがあったら、次にむちゃくちゃ悪いことが起きて、帳尻を合わせてくるものじゃなくて……？　枕元に巨大カマドウマが出るとか、あくびした瞬間にハエが飛び込んでくるとか」

「予測できる不幸の規模が小せえな!?　いやお前、ホント昔っからちまちま隙を見つけては何かと後ろ向きになるよなぁ……」

ごほん、と咳払いして黒煉は「ま、お前が後ろ向きなのは元気な証だからいいけどな！」と雑に片付けた。

「煉兄さまの手にも蓮華龍鱗紋があるんですのよね？」

「おう、もちろん。ほら、オレのは右手首に黒の紋で〝容〟の字」

彼は、禁色である黒地の金襴の袍の袖をまくり、銀糸で縁をかがった手甲を外すと、右手首を見せてくれる。

途端に、謁見の間の壁にずらりと控えて跪く、緋色の袍をまとう高官たちが「みだりに紋を晒すのは……」と色めき立ったが、彼は「いいじゃねえか減るもんでなし」と気に留める風もない。

果たしてそこには、雛花と同じ、蓮の華と鱗を組み合わせた細緻な紋様が、まるで刺青のようにびっしりと並んでいた。女媧と対になる男神、伏羲を宿す証だ。

（煉兄さまは、父上が亡くなった翌日にはもう、この印が浮かんできたという話だったわね。文字と色が違うだけで本当に同じ紋……なんだけど、なんだかわたくしのより、大きいような？）

まじまじと見ていると、黒煉には「見世物みたいだけど見世物じゃないぞ」と笑って引っ込められてしまった。ついでに、朗らかに要請される。

「それじゃさっそく、お前の力を見せてくれ。ああ、女媧を顕現されてくれるだけで十分だぞ」

「え」

軽いノリで言われ、雛花は蒼ざめた。

（うっ……。そ、それは……）

そう。

昨日、最初に召喚してから、雛花は志紅に頼まれたこともあり、己に宿ったはずの女媧に何度も呼びかけてみた。しかし、猙の退治に成功した後は、一度として女媧が雛花の呼びかけに応えてくれることはなかったのだ。

「じ、実は、……ちょっと悪いものを食べたのかおなかの具合がほんのり土石流でございまして、それでずっと召喚できてないっていうか、要は最初の一度だけというか……」

しどろもどろになる雛花に、「そっか。そこは個人差だな」と黒煉は納得してくれたが、周囲に控えたまま聞き耳を立てていた文官たちが、ひそひそと囁き合うのが聞こえる。

「なんと。たった一度きりで、以後応えぬということがあるものか……？」

「疑わしい。蓮華龍鱗紋ならば、乱暴な話、刺青でも入れれば偽造もできなくはない。天后を騙るとなると、いかに公主といえども大罪ぞ。見過ごすわけにはいかぬだろう」

（聞こえてんのよ、疑わしいのはごもっともだけど！　ああホント、どうして娘々は顕れてくださらないのかしら……ひょっとして、たまたま他の公主と間違えて降りてきちゃっただけで、『あっ、ごめん人違いだったんでー』って還っちゃったとか……）

言い返せず、歯痒さにぎゅっと拳を握る雛花は、とん、と背を軽く叩かれて目を瞠った。

(……紅兄さま？)

雛花を背に回すように歩み出て、志紅は高官たちに睨みをきかせる。

「ゆえなく人を貶めるのが皆様方の礼儀か。――特に法官どの。最後の暴言、佩玉の獬廌が泣いているのでは？」

獬廌とは、理なき者を角で突き貪り喰うという伝説の瑞獣であり、法官の象徴だ。

「それとも、……誹謗中傷を是とする官吏の元に獬廌が顕れたと、噂話にしてみせますか」

緩やかな脅しにも聞こえる言葉とともに、禁軍でも出色の武勲を誇る荊将軍の、それこそ貫き殺されそうな鋭い眼光を受け、高官たちはそそくさと口をつぐむ。

(紅兄さま、ありがとうございます)

彼が庇ってくれた。雛花はそれだけで、苦みも忘れて天に昇るような心地になる。

「気にするなよ雛花、神々の力を降ろすのは、ちょっとしたコツがいるんだ。あと、他の連中の無礼も許してやってくれな。皇帝や天后の代替わりの時って、主だった文武官たちの夢に伏羲真君や女媧娘々が顕れて啓示を行うもんらしいんだが、今回はそれが誰んとこにも無いってんでざわついてるだけなんだよ」

一連のやりとりに黒煉は苦笑すると、「ここからの流れだけどな」と人差し指を立てた。

「誰が天后になるかってのは、一応、立つまでは内密にする決まりなんで、ここにいない臣下や民への正式なお披露目はそのあとだ。天后のための宝冠をお前に合わせて直さないといけねえし、そこそこ時間はかかるが、できるだけ急ぐ気ではいるから堪えてくれな」

「いえ、……はい」

具体的な話に、雛花はごくりと咽喉を鳴らす。

(憧れの地位だったけど。本当に、なるのね。わたくしが)

一方で黒煉は、「話はここまでだ。みんな散れ散れ。あ、雛花と志紅だけ話があるから残っとけよ」と高官たちを謁見の間から追い出してしまう。

「お話ってなんですの、煉兄さま？」

誰もいなくなった広間を見回しながら首を傾げる雛花に、黒煉は「ふふふ。感謝しろよな」と得意げに胸をそらした。いいことを思いついた時のいつもの仕草だ。

「いざ天后になってしまったら、祭祀に追われてなかなかこうして気軽に話す機会も取れなくなるだろ。オレともだが、志紅とはなおさらだ。だからそれまでに、一度、オレたち幼馴染ばっかりで、気楽に話せる席を設けないか？　オレの伏羲真君もそこで紹介するし、女媧娘々の力をお借りする方法も教えるぞ」

「！　ぜひ！」

悪戯っぽく片目を瞑る黒煉の言葉に、雛花はぱっと顔を上げて飛びついた。「だよな」と黒煉は頷き、不意ににやりと口の端を吊り上げて志紅を横目で見る。

「……って、これは志紅の提案だったんだよな」

「え？　紅兄さまの？　すごく意外ですわ。そういう賑やかなことを思いつくのって、いつも煉兄さまばかりですもの。半年前、紅兄さまを酔いつぶそうと画策して、あっさり返り討ちに遭った時だって……いえ失礼」

あ、余計なことを言ったかもと雛花は口を押さえる。この話は、なかば黒煉の語りぐさになっていて、「志紅は呑んでも顔色ひとつ変えないから可愛くない、いっぺんくらい正体なくして裸踊りでもしやがれ」と長々恨み節に発展するのがいつもの流れなのだが。

「ん？　そんなことあったっけか」

（あら？　煉兄さま、らしくないわね）

今日に限ってさらりと流されたので、雛花は拍子抜けする。

「今さらながら、僭越な申し出だったかとは思っております」とため息をつく志紅の肩を、満面の笑みを浮かべて黒煉は拳で叩いた。

「照れんなよ。お前、オレが皇帝になってから、タメ口は絶対使わなくなったり、めちゃくちゃ距離置いてくるしさ。雛花が天后になるって分かってすぐに、『幼馴染のよしみで』って提案されて割と嬉しかったんだぜ」

「別に照れてなどおりませんが」

「またまた」

気安い二人の様子に、雛花は「仲がよくて羨ましい限りですわね」といつもどおり口を尖らせる。

「それじゃ、新たな天后誕生の前祝いだ。三日後の夕方、皇宮の林園で、オレたち三人だけの小さな祝宴を開こう。雛花は苦い酒が嫌いだから、甘い果実酒や白茶も用意させておく」

「ありがとうございます煉兄さま。あ、果実酒は結構ですことよ。わたくし下戸ですもの」

「そうだったか？」

軽口に応じながら、雛花は期待に胸を膨らませた。

（三日後……楽しみが増えたわ！）

そしてその後、ついに自分は憧れの天后になれる。

季節は春だが、自分にとっても、まさにわが世の春だ。

（就任の儀でヘマしないように、今からしっかり儀式の典範を学んでおかなきゃ！）

そうすればいよいよ、実を結ばぬ徒花公主などという、不名誉なあだ名ともおさらばだ。

（でも、そっか……天后になったら、紅兄さまとはあまりお会いできなくなるのね）

天后の役割は、皇帝を補佐し、槐帝国の泰平のために祭祀を行うこと。基本的には垂簾の座に在り、皇帝よりもさらに、人前に姿を表すことは少なくなる。

今までは、幼馴染の関係で、志紅と気安く接することができていた。その関係に終わりが来るのだ。

（……寂しいわ。覚悟を決めていたはずなのに）

頭では分かっていても、実感すると胸が重くなる。

その傍らで、黒煉と志紅が軽口を叩き合って笑っている。

「お前もそれでいいよな、志紅？　上品な酒も、ガンガンに強い火酒も、たっぷり取り混ぜて用意させとくから、酔い潰れる覚悟しとけよな！」

「御意。お手柔らかにお願いいたします、陛下」

彼らの声を聴いていると、雛花もすぐに気を取り直せた。

（よし。これからの一生ぶん、今度の祝宴では思いっきり楽しみましょう。紅兄さまは紅兄さまで、武官というご自身の本分で国のために頑張ってらっしゃるのだもの。わたくしだって負けてられないわ！）

現金かもしれないけれど、憧れる人がいれば、どこまでも強くなれるものだ。

雛花は、両拳をえいっと小さく握りしめた。

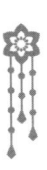

三日後、皇宮園林にある四阿で、約束どおり、雛花は黒煉と志紅とともに集っていた。

昼の明るさと夜の穏やかさを味わえるからと、日暮れ前を選んだのは黒煉だ。間もなく沈みゆく陽を示すように、いくぶん色を濃くした蒼穹に、薄く朧雲がたなびいている。

春らしく、うららかな好天である。四阿の支柱の向こうに、梅の花が咲き乱れる園林を望み、満足そうに黒煉が盃を傾ける。

「やあ、これはいい眺めだな。水流れて心競わず、雲在りて意倶に遅し……ってやつだな」

彼が口ずさんだのは、有名な詠仙『杜甫』の詩だ。すなわち、水の流れるがごとく、雲が浮かぶがごとく、己の心も穏やかで、争うことを知らない。

石づくりの太鼓橋のかかった小川を見て吟じたのだろう。梅の花弁が、柳の合間から水の流れにはらはらと身を投じ、紅白の堰を築いている。すでに陽は中天よりだいぶ落ち、そこかしこにある植え込みの雪柳を淡い赤に染めていた。

四阿にしつらえられた長椅子に、黒煉や志紅と向き合うように腰かけ、異母兄の声に耳を傾けていた雛花は、さっそく続きを返してみる。

「はい。寂寂として春將に晩れんとし、欣欣として物自ら私す、ですわね」

春はひっそりと静かに終わりを迎えようとしていても、一方で、万物は明るく喜ばしげに各々の本分を遂げつつある、と。

雛花の返しを聞き、黒煉は愉快そうに片眉を跳ね上げた。

「おっ、よく知ってたな、雛花」

「ふっ、当然！　煉兄さまったら、わたくしを誰だとお思いですの。ためた知識はためっぱなし、ガリ勉の頭でっかちを舐めないでくださいな。音に聴こえた宗室の負債、皇宮のニキビ、槐帝国の腫瘍とはわたくしのことよ」

えへんと胸を張る雛花に、黒煉も、すぐそばに控える志紅も呆れ顔をする。

「いや、そこまで言ってないし、胸張って言うことじゃないからな。っつーかだな、女媧娘々を召喚して天后になれんだから負債は清算できてんだろ」

「……小花、きみを腫瘍やニキビや負債呼ばわりした連中の名前、訊いていい？」

「え？　いえ、ただの自称ですけれど。それが何か？」

「そう。じゃあ、……いいんだ」

にっこりと笑んだ志紅から雛花の注意を逸らすように、不意に、「あーそうそう！　一件お知らせがある！」と手を打ったのは黒煉だ。

「雛花は聞いてたか？　オレが最近、後宮に妃嬪を入れたのを」

「え？　いいえ。そうなんですの？」

寝耳に耳だ。しかし、それはそれでおかしな話だと思う。

(空っぽだった後宮に、皇帝が初めて妃嬪を入れるなんて、おおごとだもの。なんでそんなひっそり？)

「皇貴妃や四妃はさすがにまだだが、いい加減、古株のじじい文官どもが妃を娶れの子を作れのうるさくてな。黙らせてやろうと、オレじきじきに人選を行い、とっておきの美姫ばかり揃（そろ）えさせた」

「はあ……」

　黒煉が何くれと理由をつけて一人の妃嬪もとらずにいることは、雛花もよく知っていたが、それにしても「オレはしばらく妃嬪はいらん」と常々明言していたのに、どういう風の吹き回しだろう。

「志紅は顚末（てんまつ）を知ってるもんな」

「はい。それはもう、いやというほど。なにせ荒れましたから」

「まあ、臣下と多少モメたが、無事に終わってよかったよかったってやつだな！」

「モメ『た』じゃありません陛下。今も全力でモメていますからね」

（荒れた？　モメた？　モメてる？）

　快活に「気のせいだろ」と笑い飛ばす黒煉に対し、眉間を揉（も）みながらいささかげっそりした様子の志紅に、雛花はますます首をひねる。

「そのうち雛花にも紹介してやろう。このオレが精根（せいこん）込めて完成させた、史上最強、唯一無二の後宮を！」

　黒煉は胸を張っており、今までの経験上、雛花はほんのり嫌な予感がした。

「何をなさったの？　煉兄さま、あまり紅兄さまの心労を増やさないでくださいませ。昔から、だいたいのとばっちりは紅兄さまが受けてたし」

冷や汗をかく雛花に、「ご愛嬌ってやつな！」とからから笑い、黒煉は白酒を満たした杯をぐっと干した。

「昔から……か。身分関係なしに転げ回って遊んでたのなんて、ほんの数年程度前なのに、ずいぶん遠いことに思えてくるよな。ちょっと、懐かしいや」

「はい。……本当に、そうですわね」

この場には、三人しかいない。他の側近や護衛たちはおろか、給仕の宮女までも、「今日だけは水入らずで飲みたいから遠慮してもらった」と黒煉はのたまった。

雛花は、卓に広げられた盆から、小さな菓子を摘まんだ。乳脂で練った小麦粉を油でかりりと揚げ、黒砂糖をまぶした麻花と呼ばれる甘い菓子は、雛花の好物だった。

その他にも、とろけるほど柔らかくなるまで酒と生姜で煮付けた豚の三枚肉や、滲み出した肉汁と水飴とを何重にも塗ってつややかに焼き上げた家鴨、皮に青菜を練り込んだ翡翠色の包子、干し棗と鶏肉をじっくり煮込んだ羹、蒸したての蓮の実餡の饅頭などのごちそうが、ところせましと並んでいる。

中でも、梅の花を模した季節の焼き菓子、梅花酥は、花弁の一枚一枚に梅の実の蜜漬けを飾っていかにも華やかだ。割ってみると、サクサクした生地には木の実のたっぷり入った豆の餡が詰まっていた。幾種類もの酒やおつまみの他にも、お茶や甘いお菓子がたくさん用意されている。

（こんなごちそう、本当に久しぶり！　どうしよう、目移りするわ）

「小花、梅の花茶だ。きみは好きだっただろう」

「はい。ありがとうございます」

　軍で下積み時代に覚えたものか、慣れた手つきで三人分の茶を淹れていた志紅が、器のひとつを雛花に差し出してくれる。つややかな青磁の器の中で、白茶に漬けられ、ぱっと鮮やかに咲く梅花の一点紅が美しい。

「なんだ、志紅も雛花も、茶なんか飲むなよ酒があるのに。今日は無礼講なんだ、それこそ酒池肉林に溺れるくらい用意しておいたぞ」

「酒池肉林は言いすぎでしょう。誰もが陛下のようにうわばみではないのだから、巻き込まないでください。あと、小花は酒が苦手なんだから、あまり勧めないように」

「うわ出たよ志紅の過保護！　お前のそれ、ほどほどにしとけ？　こないだの謁見とかもさ、文官脅すのやめろよな。何人か漏らして失神しそうだったぞ」

「さようでしたか。気づきませんでした。見えていなければ、いないのと同じかと」

「う、うん、お前ホント、他人に対する線引き激しすぎて心配になんだけど……まあ見えてないってんなら、今も一番大事なことには鈍いみたいだけど。なあ、雛花？」

「鈍い？」

　志紅が訝しげに眉根を寄せるので、雛花は「にぶ……肉饅頭の由来って、さる崑崙の軍仙が、川の神に生贄の頭の代わりに捧げたことが始まりなんですってね！」と笑顔で大ぶりな肉饅頭を黒煉の口に突っ込んだ。

「むごふっ」

「あらごめんなさいお茶をどうぞ煉兄さま！　お茶の後はもうひとつ生贄の頭をどうぞ！」

「ちょっ、小花、そろそろ陛下が窒息するから。急にどうしたんだ？　って、肉饅頭を手に話すことでもないような……」

咳き込む黒煉の口に茶と肉饅頭を交互に詰め込みがてら、雛花は火照った頰を隠すように志紅から顔を背ける。

（もう！　どうして煉兄さまは分かるのに、肝心の紅兄さまはてんで気づかないの）

視線を下向けると、膝の上で重ねた自分の手が目に入る。白い指先で光る、珞紫にお願いして、ぴかぴかに磨いて薄桃色に染めてもらった爪を眺め、雛花は唇を嚙んだ。

春らしい萌黄の衫襦に重ねたのは、吉祥紋の蝙蝠と花喰鳥を縫い取った、とっておきの半臂。たっぷりと襞を取った若草色の裙。目に鮮やかな珊瑚玉の帯鉤。細緻な華紋を施した、風にほどけるような白い紗の披帛。綸子の刺繡履。

いつもは入れない、白い額に描いた朱の花鈿と、唇に淡くさした紅。青みを帯びた黒髪を結い上げた双鬟には、軟玉の笄、母の形見の七宝胡蝶の簪、しゃらしゃら音を立てる金歩揺に加え、里院で摘んだ早咲きの牡丹を挿す。

つましい徒花公主の宮には、あまり贅沢な品はないが、それでも持っている衣装の中でもとっておきのお気に入りばかり厳選して、どんな装いにしたらいいか、何度も珞紫に相談に乗ってもらって――

（全部、紅兄さまのためだったのに）

今日は、腹を割って話せる三人きりの小さな宴。だからこそ雛花は、張りきっていたし、気合も入れていた。精いっぱいおめかしして、一番きれいな自分でお別れしたかったから。

（もう、これっきりでほとんどお会いできないかもしれないんだもの……なのに紅兄さまったら、こっちを見もしないしね！　まあね、どうせなんの見込みがあるわけじゃないのだけど！）

黒煉と楽しげに話し込む志紅の整った横顔、その涼やかな目許の見慣れた緋色を、恨めしげに見つめる。

この年上の幼馴染が――大好きだった。

姿も、心も、「小花」と呼んでくれる優しい声も、全部。

（天后を目指すことにしてから、ずっと諦めようとしては失敗してきたけど、いよいよ本当に引き時なんだわ）

豪快に笑う黒煉や、その傍らで呆れつつも楽しげな志紅。雛花も含めた幼馴染の三人組ではあるのだが、男同士の彼らには、何やら雛花には割って入れない無骨な親しさもあるようで、それがどうにももどかしいような、憧れるような。

否、いつでももの静かで穏やかな志紅にしては、幾度も声を立てて笑い、いつも以上に明るい様子でもあって。雛花は胸がぎゅうっと締めつけられる気がした。

（これが三人でいられる最後だって、紅兄さまも分かってらっしゃるんだわ、きっと。いえ、……その割に、わたくしはおしゃれにも気づいてもらえなかったわけだけど……はあ）

「小花？　どうしたの」

いつの間にすぐそばに来ていたのだろう。浮かない顔をしている雛花が気になったのか、志紅が椅子の傍らに片膝をついて、顔を覗(のぞ)き込んでいる。

「いいえ、なんでもございませんの。……ちょっとぼうっとしていただけ」

「じゃあ、笑って。せっかく綺麗な格好をしているんだから、もったいない」

「え？」

さらっと言われた言葉に、雛花は顔を紅(あか)らめる暇もなく固まった。

黒煉が別の方を向いている隙を狙ったのか、はたまた偶然なのか。立ち上がりがてら、房飾りのついた雛花の耳許に唇を寄せ、志紅は小声で囁いた。頬を、彼の吐息が掠(かす)める。

「似合ってる。……すごく」

「！」

「それが陛下のためなんだったら、たとえ兄妹(きょうだい)でも妬(ねた)ましいくらい」

だんだん固まっていた思考回路がほどけてくると、周回遅れで一気に熱が頬に集まる。

（う、え、あう、紅兄さま、今!?）

気づけば彼は自分の席に戻っていて、何事もなかったように黒煉と談笑していた。

（はくっ、白昼夢……!?　報われない片恋を引きずりすぎてついに妄想がそこまで!?　嫌だちょっと自虐趣味にもほどがあるわよ我ながら！）

あんまりにも不意打ちで。そんなの、反則だ！　と。

ばっくばくと高鳴る鼓動を押さえ込むように、雛花は、なんとか冷静になる糸口を探そうと、頭を高速で回転させた。

（そっ、そうだわ。煉兄さまから大事なことを聞かないといけないじゃない）

気づけば、いつの間に灯されたのか、四阿を囲む回廊の吊り灯籠に、火が入れられる時刻になっている。薄暮にぽつぽつ浮かぶ橙色の灯を横目で見ながら、雛花は気になっていたことを切り出した。

「そういえば、煉兄さま。女媧娘々の力を使うためのコツって？」

「ああ、それならな。どんな買い物にも対価がいるのと同じだ。神々の力を借りるのは、犠がいるのさ」

「犠？」

「つまり、己の身体の一部を代償にして、真君や娘々に降臨を希うんだ」

「えっ。身体の一部を……？」

「実際に刃物で切り取って捧げるんじゃないから安心していいぞ。言葉の上で、というところだな」

ぎょっと怯(ひる)む雛花に、黒煉はにやりと笑って手を振った。彼は酒杯に指を浸し、卓に人の絵を描く。その腕や足に線を入れながら、続きを話してくれた。

「対価が大きいほど、使える力も大きくなる。髪の毛一本程度だと、せいぜいがそよ風を吹かせてしまいだ。逆に、数が増えたり痛みを覚えるような箇所だったり、命にかかわるほど力は増す。髪を捧げるなら房でガッサリいかないと駄目だし、髪より血のほうが効果が強い」

対価として払われた部位には、痛みとともに蓮華龍鱗紋(れんかりゅうりんもん)が刻まれて売却済みの扱いになる、と黒煉は続けた。

「でもわたくしが先日、城市(まち)で召喚に成功した時は何も必要ありませんでした」

「最初だけはな。次からは駄目だ」

「支払い済みになったら、それはもう自分の身体ではないということ？」

「一時的にだ。一晩経(た)てば、紋は消えて元どおりになる。だが、いくら効果があるといっても、首や心臓は譲り渡すなよ。取り返しがつかなくなるからな」

「捧げてしまうと……どうなりますの？」

何げなく訊いた問いだったが、一瞬、黒煉は返答しなかった。

「知りたいか？」

「え……い、いいえ」

少しの間を置いて、異母兄の金の瞳がすっと眇められ、ぞっとした雛花は慌てて首を振った。

(それにしても、天后になるための予備知識は十分だと思っていたけれど……やっぱり、実際に召喚してみないと分からないものですわね)

女媧の力は、使うためになかなか思いきりが必要なようだ。

(身体を捧げるって、不思議。なんだか、皇帝も天后も、神々に供される生贄みたい……なんて、何考えてるの。わたくしったら)

なんの気なしに考えてから、その発想の気味悪さに、慌てて首を振った。

(でも、……本当に、身体を犠として捧げると単に宣言するだけで、力が使えるもの？　だって、女媧娘々は、あれから一度も呼びかけに応えてすらくださらないのよ。それこそうんともすんとも言わないし。就任までに、いろいろ試してみたほうがいいわよね)

「心配しなくても、オレの伏羲真君の力とお前の女媧娘々の力は対になってる。オレが縦糸、お前が横糸。オレが〝容〟すなわち意味、お前が〝韻〟すなわち音ってな。お前が力に覚醒して安定するまでは、オレがちゃんと導いてやるって」

明るく請け合う黒煉に、雛花は小首を傾げた。

「導く？　そんなことできるんですの？」

「ああ。オレたちの力は打ち消し合うこともできるし、助け合うこともできる。オレが【火】と書いたものをお前が【水】で消し止めることもできるし、逆にオレが【火】と書いたものの上からお前が【火】を足して【炎】として強めることもできる」

「へええ……奥が深いんですのね」

「ま、打ち消すのは、オレが使った以上の力や犠牲を払わないといけないから、最初はなかなか難しいかもだけど、上から乗っかるのは使い始めに持ってこいだ。大船に乗った気でいろよな」

ふむ、と考え込む雛花の前で、「いやー、ひとまずよかったよかった」と繰り返しながら、また黒煉が酒杯を干す。

「雛花が無事に女媧娘々を召喚してくれて。これで、長らく不在だった天后の位も埋まる。渾沌の魔に脅かされていた世間も、皇帝と天后が揃えば落ち着くだろ」

黒煉は再び白酒を満たした瑠璃の盃を傾けると、ぽつりと呟く。そして、ちらりと傍らの志紅を見やった。

「志紅。お前もさ、快く雛花の門出を祝ってくれてるみたいで、安心したぞ」

「……はい」

気のせいだろうか、と雛花は眉をひそめる。

志紅に向けられた異母兄の眼は、この時、わずかに鷹のような鋭さを帯び、どこか心の内を探るような気配があったのだ。

（煉兄さま？　どうしたのかしら）

「雛花。志紅。オレは、恵まれている。こうして心を許せる妹や友に恵まれているだけ、な。……最近、気が休まらないことばかりで。特に、皇宮の中で、少し不穏な動きがあるそうだから」

盃の酒に映った己の顔に目を落とし、黒煉は訥々と続ける。独言めいた言葉に、どう反応しようか雛花は迷った。

「不穏な動き、ですか？　煉兄さま」

「ああ。どうもな、――悪ぃな志紅、先に断っておくが、ちょっと嫌な言葉を出すぞ――先帝の〝荊の乱〟の時と似たような、謀反の企てがあるんだとさ」

予想外に険呑な話題に、雛花は眉を曇らせた。

「謀反は禁軍を中心に持ち上がっているらしいが、そこに関しても、志紅、柱国大将軍だったお前の親父の時と同じ動きだ。妙な疑りを避けるために、行動を慎めよ」

たしかに、十年前の大事件〝荊の乱〟の際には、禁軍の中でも宗室近衛を司る、荊志青の左羽林軍が火種となったという。

荊志青は、先帝を敬愛していた。心酔していたと言ってもよかった。彼らもまた幼馴染の関係で、武術で切磋琢磨しながらともに育った仲だったという。だからこそ、荊の乱は当時の宮廷をさわがせたのだ。

「煉兄さま。紅兄さまにそんな言いかた」

さすがに心ない物言いではないかと、雛花は、異母兄をたしなめた。

一方の志紅は、言われるがまま何も答えなかった。ただ静かに、黒い前髪の奥にある緋色の眼を伏せ、瞬きもせず、主君の言葉を受け止めていた。

しばらくそのまま、名状しがたい複雑なまなざしで志紅を見つめていた黒煉だが、やがて「うん、……そうだな」とふっと微笑んだ。

「悪かった。謀反の件は、オレも掴んだばかりの情報で、誰が嚙んでいるかはおろか、真偽のほどすら分からないから、ここんとこピリピリしてたんだ。お前たちも気をつけろよ、って注意喚起だと思ってくれりゃいい。つーか、雛花はともかく、志紅は、軍で何か妙な動きを掴んだらオレに報告してくれ」

「御意」

表情も変えず、じっと彼を見つめ返していた志紅も、その言葉に頷き、左手で右拳を包み拱手の礼を取る。彼の口許にも、笑みがあった。

一連のやりとりに、どこか緊張感を覚えていた雛花は、そこで思わず肩の力を抜いた。

張り詰めていた空気が霧散していく。

（よかった。不穏な話題だからって、こんなところでまで変に気を張りたくないもの）

「……ですが陛下。たしかに、用心は必要かと思われます」

そこでふと、志紅が黒煉に諫言を加えた。「ほう？」と黒煉が面白がるように口許をゆるませる。

「身辺に気を配られるのも、身近な者であろうと疑うのも、決して無為ではございません」

「肝に銘じておこう」

「はい。世の中には万が一ということもありますから」

快活に笑って首肯する黒煉に、志紅もまた言葉を足して微笑んだ。

ように、見えた。

その目が、笑いのかけらも浮かべていないことに気づいたのは、雛花が先か、黒煉も同時だったのか——

（え……？）

その先にあったことは、瞬きの間にも満たず。

志紅の右手が、長椅子に敷かれた花毛氈に伸び、その下に隠されていた何かを抜き払う。からんと音を立てて転がった鞘から垂れる金糸の房飾り、赤瑪瑙の装飾。下賜された宝剣、『緋霄』——

「たとえば、このように」

低い呟きとともに、白刃が一閃した。目にも留まらぬ速さで。声を上げることも叶わなかった。

次の瞬間には、黒煉の胸に、志紅の長剣が突き立っていた。

「がはっ、……」

たったひと太刀。

だが、避けようもない、決定的な一撃だった。

一拍を置き、黒煉の口から、血の塊が溢れる。見開かれた黄金の瞳がぐるんと回り、首が力を失って下を向く。手はわずかに痙攣した後、だらり、と重さに負けて垂れ下がる。

胸を貫いた剣は、そのまま四阿の柱に突き刺さり、黒煉を磔にしていた。

「……——あ、……」

理解を超える出来事に、頭がついていかず、雛花は呆然とする。

何が起こったかなんて、分かるはずもなかった。

卓子に置かれた酒肴が乱れることすらなく。薄暮に包まれた園林や、ぽつぽつ点る灯火も変わらず穏やかだ。

異常なのは、ただ、剣で柱に縫い留められた黒煉だけだ。床に敷かれた五色の毛氈が、とめどなく流れ落ちる異母兄の赤黒い血でじわじわと染まっていく。それがやがて己の刺繍履に至った時、生温かいその感触に、やっと雛花は絶叫した。

「煉兄さま――!?」

駆け寄って、その腕に取りすがる。

うつろに見開かれた眼。力の抜け切った身体。どう見ても、すでに絶命しているのは明らかだ。

「お願いっ、誰か、医官を……！　それに兵を呼んで!!」

それでも信じられず、信じたくもなく。傷から溢れる血を手で押さえ、叫ぶ雛花の背後に、すいと影が落ちる。

（ひっ……）

ぎこちなく振り向いた雛花の眼には、主君の屍を無表情で見下ろす、幼馴染の姿が映った。

「こ、紅兄さま……」

どうしてこんなことを、とか、こんなことをしてただですむと思っているのか、とか。かけるべき言葉はいくらでもあるはずだが、歯の根が噛み合わず、声が出ない。

気づけば雛花は、ぺたんとその場にへたり込んでいた。

「小花」

彼は、尻餅(しりもち)をついたままの雛花の前に膝をつき、慣れ親しんだその呼称を口にする。

見慣れたはずの彼の緋色の双眸(そうぼう)はいまや底知れず、雛花の目には、まるで血を湛(たた)えた池のように映った。

すっ、と手を伸ばされ、それまでぎりぎり矯(た)めていた恐怖の堰(せき)が決壊する。

「いや……来ないで!!」

とっさに雛花は、手近にあった卓に手を伸ばし、並んでいた料理を払う。器が転がり落ちるけたたましい音に彼が気を取られた隙に、震える足で立ち上がって、一目散に走りだした。身体が動いたのはもはや奇跡のようだった。

一歩踏み出せば、ずるりと履(くつ)の裏が血糊(ちのり)に滑る。前のめりに倒れかけた拍子に、涙がこぼれた。


「はあっ、はあっ、……」

暗い皇宮の園林の中を、足をもつれさせながら懸命に走る。

(こんなの夢だ。悪い夢なんだ。紅兄(こうにい)さまが、煉兄(れんにい)さまを……)

頭の中がぐちゃぐちゃで、冷静からは程遠い。

ただ、天后になるというそれ以外、何も変わらない穏やかな日常が続いていくはずだったのに。一体、どうしてこんなことになったのか。

（痛っ）

先ほど卓上を払った時に、爪の先が割れてしまったらしい。やすりをかけられて綺麗な弧を描いていたはずの一つが、いびつに欠けている。

続けて、赤黒いもので汚れたとっておきの襦裙や、泥まみれの綸子の履も目に入って、胸をかきむしられるような痛みが襲い、足が止まった。

特別にめかし込んできた。

（全部、紅兄さまに、見せようと、思って……）

――〝じゃあ、笑って。せっかく綺麗な格好をしているから、もったいない〟

あの優しい笑顔は。おしゃれを褒めてくれた甘い声は。すぐそばにあったのは、ほんのさっきのこと。なのに。

返り血で頬を染めた幼馴染の、表情がごっそり抜け落ちたような顔は、まるで魂のない人形のようで。込み上げる吐き気を堪え、ぎゅっと目を閉じ、胸の前で手を握り合わせる。

（とにかく、人を呼ばないと。煉兄さまが、陛下が……弑逆、された）

そこで不意に、ばらばらと沓音が響き、思わず雛花はそばにあった雪柳の前栽の陰に隠れてしまった。どうしてそこで隠れてしまったのか、自分でも分からない。

身体を丸め、抱えた膝に目を落とす。

出ていく機を逸したまま、じっと耳をそばだてる。ぼそぼそとした、彼らの話し声が聞こえた。

「――制圧は？」

「主棟も離宮もだいたい終わった。抵抗も少ない。皇子皇女も皆押さえたし、計画を知らない文官や、右羽林軍の大将軍たちも説得済みだ」

「了解。急に実行が早まったから、どうなるかと思ったが……話の通じる文官のいくらかと、左右龍武軍と左羽林軍はすでに根回しは済ませてあるってことだからな。荊将軍に報告だ」

その言葉に息を呑む。

（皇子皇女は押さえた？　禁城の制圧が終わった？　ど、……どういうこと？）

そっと首をよじって、木陰から彼らの様子を窺う。

薄暗い中に浮かび上がる、青や緑の軍服の背に、彪や犀の徽章が見えた。位階を示す佩玉を下賜されない下級武官――その正体を察した雛花は、あっと声を上げかけた。

（龍武軍の……紅兄さまの部下たちだわ！）

では、彼らの話していることは。

（反逆者たちの動きは、煉兄さまの摑んだ情報よりもずっと速かった。そして、その中核にいるのは……）

荊将軍。つまり――志紅なのだ。

一気に押し寄せる情報の奔流に、混乱する暇もない。雛花はただ、物陰で身を縮めるしかなかった。

（そんな恐ろしい事態になっていたなんて！　そうだわ、離宮の……珞紫は無事なの⁉）

「雛花公主は見つかったか？」

そこで兵の一人が口にした言葉に、雛花はさらに蒼ざめた。

（わたくしのことを捜している！）

「あのかただけがまだ見当たらない。見つければ即刻お連れするようにと、荊将軍からは厳命されているからな」

「そう遠くには行かれていないはずだが……」

声は、少しずつ近づいてくる。

（このままじゃ見つかってしまう）

もし、見つかったら、自分も――

眼を見開いたままの黒煉の死に顔が、まなうらにありありと浮かぶ。恐怖が悲鳴の形で喉元にせり上がってくるのを、両手を口に当てて必死に押さえ込んだ。

（逃げなきゃ）

雛花は息を詰め、足音を殺して、身を屈めたままそっと移動する。ここが危険なこと、否、もはや皇宮そのものが危険な場所になってしまったことは、火を見るより明らかだ。

（でも、逃げるったってどこに。どこから）

膝を夜露に濡らし、植え込みの陰を這うようにして、ほうほうの体で兵たちから遠ざかったところで、ふっと頭上に影が差した。

「雛花さま」

（ひぃああ!?）

危うく叫びかけて呑み込んで変な息が漏れたところで、「大丈夫ですか？」と目の前に膝をついたその声の持ち主の正体が、とても覚えのあるもので。雛花はおそるおそる顔を上げる。栗色の髪と、琥珀の瞳。

「ら、珞紫っ!!」

「どうされたんですか。こんな薄暗いところに這いつくばって。お捜ししましたよ、もう」

「どうしたもこうしたもないわ！　ああ珞紫、おまえ無事だったのね！」

安堵のあまり、どっと身体から力が抜ける。冬山の行軍訓練で遭難すると、救助が来た瞬間に安堵のあまり死ぬ兵もいるらしいが、今まさにその気持ちが分かった。できれば知らないままでいたかった。

「おまえが無事でいてくれてよかった。もし、簒奪の巻き添えで死んででもいたら、わたくし悔やんでも悔やみきれなくて、反魂香でも黄泉がえりの禁呪でも、とにかく何をやらかしたか分かりませんでしたわ！」

「わー、ありがとうございます、そりゃ危機一髪ですね。も、ち、ろ、ん無事ですよ、雛花さま。すみません心配おかけしちゃって」

半べそをかいた雛花に、珞紫は微笑んで手を差し伸べる。

「こんな時までのんきな受け答えはおやめ。頼むから緊張感持ってちょうだい。……って、そんなこと話している場合じゃないのよ！　もう本当、とにかく命あってのなんとやらだわ。急いでここを離れなきゃ……」

「え？　離れるんですか？」

それは無理ですよ、と珞紫はからりと笑った。

――嫌な予感がした。彼女は、こんな時なのに、あまりにもいつもどおりすぎて。

「あなたはどこへも行けませんよ？」

「何、言って……」

（まさか）

「珞……っ」

とっさに侍女の名前を呼ぼうとしたのは、制止だったのか、確認だったのか。

自覚もしないうちに、とん、と首筋に何かを宛がわれる。ひやりとした感触は、おそらく樹海産の石碑でつくった令牌。

「〃春眠暁を覚えず〃」

（詠仙『孟浩然』……！）

その声を聞いた途端に、強烈な眠気が襲ってくる。水袋が破れたように四肢から力が抜け、雛花はその場にくずおれた。

（そうだ、……珞紫は、里院で紅兄さまと話してて……あれは）

「お、まえ、紅兄さまと……付き合う、とか、うらやまけしからん事情じゃ、なくて……」

「あちゃー、見られちゃってましたかぁ。って、こんな時でも嫉妬挟みます、普通？」

耳許で声がしたが、答えは声にならなかった。

「申し訳ございません。——許してくださらなくても、いいですよ」

雛花の意識は、それきり闇に沈んだ。

3 幼馴染の豹変(ひょうへん)

遠い記憶の彼方(かなた)で、優しい声がする。

「小花(しょうか)。どこにいるの、小花」

あれはいつだっただろう。まだ、雛花(すうか)が七つかそこらの頃だった。

禁城(きんじょう)の園林、くちばしの赤が鮮やかな黒鳥の遊ぶ、湖のほとり。盛夏の空気は、青桐(あおぎり)の木立を丸ごと蒸(む)すようで、若葉のにおいが肺まで満たして噎(む)せ返るようだった。

あたりには蟬(せみ)が鳴きしきり、互いに手を差し伸べるように生い茂った梢(こずえ)から、陽光がまだらに地べたに陰影を落とす。

「……うう。ひっく、……うっく」

「小花。そんなところにいた」

青桐の根元にしゃがみ込んで泣いていた雛花が顔を上げると、すぐ上から、屈(かが)み込むようにして顔を覗(のぞ)き込んでくる少年と目が合う。

「紅兄(こうにい)さま！」

雛花が立ち上がって飛びつくと、彼——志紅は抱き留めて頭を撫でてくれた。

「また独りで泣いていたの、小花。捜したよ。泣いている声だけがして、全然姿が見えないから」

「なんだ、雛花はめそめそしてばっかりじゃねえか。情けねえな、シャキっとしろよ」

その幼馴染の後ろでは、雛花の三つ年上の異母兄、黒煉が呆れたようにこちらを見下ろしていた。二人とも木剣を携えているから、おそらくこの周辺で剣術の修練をしていたのだろう。

「に、二の兄さま……ごめんなさい」

細身で白皙の優しげな風貌を持つ志紅に比べ、よく日に焼けた浅黒い肌とがっしりした体軀の異母兄は、昔からちょっと怖かった。今も、異母妹の泣き声に稽古を邪魔された不機嫌さを隠しもしない。志紅の腕の中で、雛花はびくりと震える。

縮こまる雛花の様子にすぐ気づいたらしく、彼女を庇うように抱いたまま、志紅がひとつため息をつく。

「こら。黒煉、泣いてる妹ぎみを余計に怯えさせるものじゃない」

彼はおもむろに片腕を伸ばして、がしりと黒煉の顔面を摑んだ。みし、と結構な音がする。

「痛って！　何すんだ志紅!?　不敬罪で笞打ち刑にするぞ、……って悪い、悪かった手ぇ離せ！　お前握力やばいから指食い込んでマジ痛い！」

「……別に、俺に謝られても？　自他ともに分け隔てなく公平でないと、いい君主になれないんじゃないかな、黒煉」

「わかった、悪かったよ、雛花！」

「え、は、はいっ。大丈夫です」

　雛花はびっくりして涙を引っ込めた。

　ひそかに『武の宗室』と称されるほどの名門である荊家直系の嫡男とあって、志紅は、同じく武官の家柄の淑妃を母に持つ黒煉と、非常に仲がいい。

　対して雛花も、志紅と母親同士の繋がりがあり、この三人は、志紅を挟んでよく顔を合わせる間柄なのだった。

「で、どうしたんだよ。こんなとこで独りで泣いてさぁ」

　根は人のいい黒煉は、なんだかんだと異母妹が心配なのか、困ったように眉尻を下げた。

「さ、三の姉さまと、四の姉さまがっ、……」

　言葉をつっかえつっかえ、雛花は髪にそろそろと手をやる。まだ肩にようやく届く長さの黒髪は、幼女らしく耳の上で髷に結っており、本来であれば、お気に入りの簪が挿してあるはずなのだ。

　黒く塗った青銅の素地に、五色の釉を流し、補強の植線を蝶の翅の筋に見立てた品。

太陽にかざすと、赤、青や緑の光がきらきら輝いて、まるで髪の上で本物の黒揚羽が翅を休めているような七宝胡蝶の簪。

雛花の母が、後宮に入る前、舞姫時代の名残で使っていたもの。先日、経書と緯書をすべて諳んじたご褒美に譲ってもらった、大切な宝物だったのに。

「きれいだから代わりに使ってやるって、さっきむりやり……」

槐宗室のきょうだいは、あまり仲が良くないのが習いだ。

それは、いずれ皇子の誰かが『皇帝』に、皇女の誰かが『天后』になることで、他の者と一気に差がついてしまうから。

敵はできるだけ少ないほうがいい。暗殺も陰謀も当たり前の後宮にあって、身を守るには自分が強くなければならないのだ。ざっくばらんな性格の黒煉だけは、帝位に興味がないらしく、特に誰をいじめもしなければ庇いもしなかったが、他の兄姉たちにとって、末っ子のみそっかすで気弱な雛花は格好の標的だった。

「とられたのか。ひどいことをする」

志紅は雛花の髪を撫で、ぎゅっと雛花を抱きしめてくれた。

腕に力を込められ、温かい彼の胸に頬を寄せると、涙が袍に滲み込んでいく。ぽんぽんと背を軽く叩かれて、しゃくり上げていた雛花は濡れた頬を一層押しつけた。

「弱ぇなあ、そんなん簡単に奪われてんなよ……いだだっ、だぁから顔摑むなって志紅！」

　黒煉が呆れたような声を出したが、志紅に先ほどと同じ方法で笑顔のまま瞬殺される。皇子の中でもことに優秀で、次期皇帝候補の呼び声高い黒煉相手の暴挙に、雛花はぎょっとしたが、

「は、鼻が折れるかと思った……お前、いつか絶対不敬罪でぶん殴るからな!?」

「よく言うよ。『同い年のくせに様づけしたり敬語なんか使ったら許さない』って、いつも注意してきたのはきみなのに。柄にもなく権力を笠に着るくらいなら、剣で俺から一本でも取れるようになってみたら」

　と軽口の応酬が続いたので、彼らの日常的なじゃれ合いのひとつらしい。

「大丈夫。俺が返してもらってくるよ」

「紅兄さま、本当？　……大丈夫？」

「任せて。……あれ？　雛花、手をすりむいてるね、どうしたの？」

「う、ううん、大丈夫！　一緒にいた六の兄さまに突き飛……じゃなくて、ぶつかって転んじゃっただけ」

「三の皇女殿下、四の皇女殿下、六の皇子殿下ね。……うん、覚えた」

「こ、紅兄さま……？」

「ああ、ごめん。小花はなんでも我慢してため込んでしまうから。俺はただ、何があったかを正しく知りたかっただけ」

——そして。

言葉どおり、翌日には、志紅は胡蝶の簪を取り戻してくれた。

「あの兄さま姉さまたちが本当に返してくれるなんて」と驚く雛花に、「ごく穏便にまっとうにお願いしたら、普通に返してくれたよ」と志紅は朗らかに手を振った。

なお、簪をとったり突き飛ばしてきた兄姉たちは、それ以降、雛花のそばにいる志紅を見るたびになぜか顔面蒼白になって一目散に逃げ出すようになったのだが、理由はよく分からない。

「俺に任せて、小花」

それが、志紅の口癖だ。

「安心していい。何があっても、必ず俺が守るから」

穏やかな紅い瞳に見つめられると、怖いことは何もなくなってしまう。

それから程なくして雛花の母が世を去った時、泣きじゃくって悲しむ雛花のそばにずっと付き添って背を撫でてくれていたのもまた、志紅だった。

下賤の母親が死んだくらいで何を情けないと、心ない兄姉たちの嘲笑や悪態に対し、胸のすく言葉を言い返しもしてくれた。

「悲しい時は好きなだけ泣けばいい。気のすむまで落ち込めばいい。落ち着いて前を向けるようになれるまで、ずっとそばにいるから。小花」

髪を撫でてくれる節ばった大きな手に、穏やかで優しい声音に、鮮やかな柘榴色の瞳に。親愛が恋愛に変わるのはあっという間だった。

（大きくなったら、紅兄さまのお嫁さんになりたい。紅兄さまの隣に並んでも恥ずかしくない大人になろう！）

憧れの人の横でも、同じくらい輝けるように、気弱な自分とはおさらばするのだ。誇り高くあろう。「情けない」と黒煉の言うことだって一理ある。悪口も嫌がらせも、黙って引き下がっては女がすたる。

雛花が学問や歌舞音曲、礼儀作法に全力で取り組むきっかけを作ったのは、志紅なのだった。

「紅兄さま。お勉強も礼儀もお歌も舞も、わたくしがうんと頑張って一番になったら、どう思う？　それこそ、『天后』になれるくらいに！」

ある時、もじもじしながら雛花が問うと、志紅はちょっと考えてから、にこりと微笑んだ。

「無理して一番にならなくても、努力しているだけですごいことだ。俺は頑張り屋の小花が好きだな」

そういう意味ではなくても、「好きだ」の一言は嬉しかった。

「けど、どうしたの？　小花。急に」

「あのね。わたくし、……す、す、好きな人がいるの。いつか、その人に、ちゃんと好きだって言いたいの」

「そう、か。……そうなんだ？　……誰、かな？」

「ええっと！」

　とっさに、「それはあなたです」と言えなかったのは、ひとえに勇気がなかったせいだ。断じてその時の彼の雰囲気がどことなく不穏に感じられたからではない。

（いつか、いつか告白しよう。ちゃんと自分に自信が持てるようになったら、きっと）

　誓いを胸に研鑽に励むうち、いつしか時は流れ。志紅の父が謀反を起こしたのは、雛花の髪の長さが腰を過ぎ、歳は十二を数えた頃だった。

　のちに、〝荊の乱〟と呼ばれるようになる、皇宮を揺るがせた大嵐は、――未然に防がれこそしたものの、雛花と志紅の関係を、そしていつかは彼の妻になりたいという雛花の夢をも、根こそぎ変えてしまったのだ。

――〝紅兄さまを、荊志紅をどうかお助けください。ご慈悲をいただければ、皇恩には、お言葉のとおり必ずやわたくしが天后となって報います。それまでは、どんな扱いでも構いませんから……〟

（あなたを守りたくて。……だからこそ、わたくしはあの時、父上と……）

　住まいを奪われ、公主とも呼べない貧しい生活に耐えながら、ひたすらに天后を目指してきたのは、ひとえに彼のため。

(大切だったのだもの。あなたが守ってくれたこと、手を差し伸べてくれたこと、一緒にいた時間、全部)

そのためならなんでもできると思っていた。そのはず、だった。

「小花。だから」

記憶の中の彼は優しく微笑んで、雛花の黒髪を撫でると、その白い喉首(のどくび)に手をかけた。

「安心して、俺に、――殺されればいい」

彼の背後ではいつの間にか、胸を長剣で串刺(くしざ)しにされた異母兄が、どろりと虚(うつ)ろなまなざしで宙を睨(にら)んでいる――


「……っ!!」

起き抜けに聞いたのは、鼓膜(こまく)が破れるような金切り声だった。

(ゆ、夢、……)

自分の絶叫で目が醒(さ)めたのなんて初めてだ。

視線を横にやると、ひんやりした白絹の上に散らばる、己の青みを帯びた黒髪が目に入った。魘(うな)されて乱れたのか、頬にも手にも、長いそれがまとわりついて気持ちが悪い。髷(まげ)

を解かれ、寝台に寝かされているのだと、その時やっと気づいた。

（ひどい気分。まさかこんな、風邪をひいた金絲猴の断末魔みたいな恐ろしい声が出るなんて……珍妙な悲鳴比べの大会があるなら国一番になれそうね。待って、初めて一等になるのがソレって、わたくしといえど、いくらなんでもアレじゃなくて？　っていうか自分の声のたとえに出すのが風邪っぴきのサルって一体……いえ、そんなことはどうでもよくて……え、寝ボケてても自虐が入るの我ながら）

頭がぼんやりして、ものを考えるのがひどく億劫になる。雛花は、震える手を掲げ、びっしょりと額にかいた寝汗を拭う。

その拍子に、欠けた爪が目に入った。記憶の膜を食い破るように、次々に光景が甦る。

――〝たとえば、このように〟

「夢じゃない」

呟いた途端、急速に意識にかかった霧が晴れていく。雛花はがばりと身を起こして状況を確認した。

（そうよ、夢じゃない。煉兄さまが殺されて、紅兄さまや兵たちから逃げて、珞紫に会って……それから……ここは？）

見たこともないほど立派な寝床だった。雛花が五人くらい大の字になってもまだ余るほど恐ろしく広く、連ねた翠玉と綾錦のとばり、鳳凰の彫られた黒檀の頭板や柱、綿のたつぷり詰まった緞子の布団と枕、絹の敷布。

（離宮の、わたくしの室じゃないわ）

天蓋から幾重にも垂れる紗の幕をめくって外を覗いてみる。

びっくりするほど広い部屋だ。柱や梁は紅を基調とし、床には同じく緋の毛氈が敷かれている。黒漆に螺鈿で緻密な吉祥紋を描き出した小卓には、玉の水差しや器が置かれ、名のある陶窯のものだろう、花鳥が鮮やかに呉須青料で描き出された手水鉢が添えてある。

正面には大きく切られた四角い窓があった。外枠の格子と、竹や牡丹の図柄を組み合わせ、外の景色を透かしてまるごと絵画のように切り取る漏窓だ。

「なにこれ」

思わず声が出た。こんな豪奢なしつらえは、知らない。

漏窓の向こうに見える景色も問題だった。どうやらこの建物は、皇宮の北側に位置しているらしい。

（見たことがないくらい立派な部屋で……。というかむしろ、寝台のとばりが緑で、かつ、柱なんかの建材に真紅が使われているってことは……）

この部屋の来歴を、嫌でも察してしまう。

禁城の北に位置するのは、皇帝の妻たちが暮らす——後宮だ。

そして、〝翠帳紅閨〟を部屋の配色に使うことが許されるのは、その中でただ一人。

（ここ、……皇貴妃用の部屋じゃないの？）

槐帝国の後宮は、皇后を頂点に、皇帝の実際の妃にあたる四妃、九嬪、二十七世婦と、後宮の雑事を司る女官である八十一御妻より成る。

そして皇貴妃は、いずれは後宮を統べる皇后としての地位がほぼ約束された、唯一の位。先帝の時代より後、長らく空き部屋と化していた場所なのだ。

（ちょっと、なんなのよ。これも、夢？　なんでこんなところに。おまけに、勝手に寝台を使うなんて不届きな事態が発生しているのよ……）

呆然としつつ、とにかく早く出ないと、と焦って布団を取りのけた雛花の耳に、蝶つがいが軋み、扉が開く音が聞こえた。

「ちょいとお邪魔しますよ。お目覚めになりましたか、雛花さま」

「珞紫!?」

ひょいと顔を出したのは、長年の侍女だ。高い位置でひとつに括った栗毛に男装といういでたちは親しんだもののはずなのに、雛花は身を震わせた。

「おまえ、どうして……」

しばらく呆然としていた雛花だが、こちらに向かってくる珞紫に、本能的にずるずると寝台の上で後ずさる。

「やー、別に何もしませんて。そんな、猫みたいに毛を逆立てて威嚇しなくても」

珞紫は肩を竦めると、手に持っていた盆を寝台脇の小卓に置いた。盆に載っているのは軽食や茶のようで、湯気の立つ粥には、油条や三つ葉、家鴨の卵の漬け物などが添えられている。それから、涼しげな玻璃の器に盛られた蟠桃や柑子などの青果。

「手荒なまねをして申し訳ございませんでした。おなかも空いておいででしょう。実は、もう三日も眠ってらしたんですよ？」

珞紫は、盆を示して食べるよう促したが、雛花は無視した。

混乱を押し殺し、強がりを口にする。

「……ごめんなさいですんだら禁軍はいらないわ」

「まーねぇ、今回はその禁軍が反逆の首謀者なんですけどね」

「揚げ足を取るのはおやめ。おまえ、よくもわたくしを騙してくれたわ……紅兄さまと裏で繋がっていたのね」

「あ、よかった。男女の仲的な疑惑をかけられて、いらぬ嫉妬を買ってたわけじゃなくて」

「だから揚げ足はやめなさいと！　いえ、それよりも、だいたい紅兄さまはどうしてこんなことを……れ、煉兄さまを」

弑するなんて、と言いかけて、声が咽喉に詰まる。

（……落ち着いて。経緯を掴むなら、今しかない）

大きく深呼吸して、雛花は床の上で骨が浮き出るほどに両拳を握りしめた。

本当は、頭の中はしっちゃかめっちゃかだし、みんな悪夢か、悪趣味な異母兄の趣向なんだと思いたいし、死んでなんかいないと信じ込んで黒煉を捜したいし、珞紫を突き放して逃げ出してしまいたい。泣き叫んで現実から目を背けたい。

けれど、全ての衝動を、理性を総動員して雛花は無理やり閉じ込める。

しかし、せっかく覚悟を決めたのに、珞紫の答えは斜め上から降ってきた。

「その理由は、ぜひご自分でご本人にお尋ねになっては」

「どういう意味」

「そのままです。荊将軍、今すぐそこにいらしてるんで」

「は!?　すぐってどれぐらい!?」

「超すぐそこです。あと数分したら部屋に入ってこられるんじゃないですかね」

（ちょっと!?　落ち着こうって決めた瞬間にそれ!?　聞いてないわ!?）

近すぎる。逃げる暇もない。

ざあっと蒼白になり、わたわたと慌て始める雛花のそばで、珞紫が「あ、でも」と視線を巡らせた。

「もう『荊将軍』ではないですね。陛下、とお呼びすべきでしょうから」

「なんですって？」

陛下。

その尊称を使われる人物など一人しかいない。

「雛花さまがお休みのあいだに、いろいろあったんですよ。落ち着いていただくためにも、事前に少し詳しめにお話ししときますね。まず、黒煉前陛下が崩御されたのはご存じですね。ああ、諡号はまだございませんので、生前の御名のままで失礼いたしますが」

「……」

怒りと混乱で声が出せない雛花の様子を、納得したとみなしたのか、珞紫は続けた。

「それと同時に、禁城では事変が起きました。武官のほぼ全体と、文官の一部が反旗を翻しまして、それが成功しまして。まあ、言い方悪いですけど、早い話が帝位の簒奪が起きたと思っていただければ」

そして、黒煉を弑して皇帝に即位したのが、他でもない志紅なのだという。

（煉兄さまを殺して、ご自分が帝位にですって？　紅兄さま、どういうことなの。わけが分からないわ）

皇帝になりたいなんて、そんなこと、おくびにも出さなかったのに。

「でも珞紫、おまえは紅兄さまの手の者ではないの？」

珞紫の言葉遣いに気がかりがあり、雛花は眉をひそめた。

「なんでそんなこと訊くんです？」

「さっき、『簒奪』と言ったでしょう。あの人の味方なら、継承権のない者が悪心を起こした簒奪ではなく、暗君を正当に討った『放伐』だと表現するはずだわ」

「鋭いですね」

　珞紫は淡く苦笑したまま、質問には答えなかった。この反応を、雛花はなんとなく頭に刻む。

「それで、どうして紅兄さまが帝位に……？」

「ええまあ、ガーッと省略しますけどもろもろあって、亡き黒煉前陛下の後、仮の帝位に即かれたのが、荊将軍だということです。おしまい」

「雑っ！　おまえちょっといきなり省略しすぎだからね!?　さっきの『詳しめに話す』が泣いていてよ！」

「だって雛花さま妙に察しがいいんですもん。前から思ってましたけど、あなた様って普段から嫉妬しまくってるせいで、他人の言動や気配に聡くていらっしゃるんですよね。首ったけになってる相手以外には、ですけど。下手なこと知られたら私が叱られますし」

「ふふん、なまじ女子力より嫉妬力磨いて生きてきたわけじゃ……って、誤魔化されないわよ！」

「エーやだーだからそんなもん直接訊いてくださいってばー」

子供じみた言い争いに発展しかけたところで、先ぶれの声がし、再び扉が開く。
そこに立っていたのは、慣れ親しんだ幼馴染。ただし、龍袍を纏い、五爪の龍の蔽膝を垂らし、前後二十四旒の冕冠を被った姿の――志紅だった。帯鉤の下に、円形をした佩玉の璧が揺れる。刻まれている紋は、虎ではなく当然のようにまた、龍だ。

「……」

唐突な登場に、呆気に取られて彼の行動を見守っていた雛花だが、珞紫の「では、私はこれで」という声で我に返った。引き留める暇もなく、彼女はさっさと退出してしまう。

(待って！　置いていかないで!!)

裏切ったのは珞紫も同じなのに、それでも志紅と二人きりにされると思うと、心細くてどうにかなりそうだ。

一方、志紅は特に言葉もないまま、緋の毛氈を踏んで寝台に歩み寄ってくる。

「わ、わたくしに近寄らないで……！」

殺される。

黒煉のように、自分も。珞紫の時はまだ気力でどうにかできた恐怖が、改めて全身を包んで、指先までを冷たくした。

怯えきった雛花のまなざしを正面から受け留め、彼はすぐ脇の椅子に腰かけると、ちらりと小卓の上の軽食の盆に視線を落とす。

「小花。食事に手をつけていないのか」

彼の落とした一言は、雛花にとってまったく予想外のものだった。

（は……？）

その口調は、穏やかで、平素の志紅そのもので。

「何も食べないと、身体に毒だよ」

にこ、と彼は淡く微笑んだ。

（……――？）

まるでいつもどおりだった。

なんだか、取り乱した自分のほうが異常だったのかと勘違いしてしまいそうなほど。たとえば、全部が夢まぼろしで、あの宴は、あのままつつがなく終わったのだと誤認してしまえるほどに――

汗の滲んだ手を強く握り込むと、欠けた爪が掌に食い込む。

（そんなわけ、ない!!）

一拍を置きはしたが、理解が及ぶとすぐさま、燃え上がる激情で、雛花の目の前はかっと赤く染まった。

（食事、ですって？　この状況で）

後先を考える前に寝台から身を乗り出し、雛花は平手で思い切り志紅の頬を打っていた。

ぱん、と乾いた音が、だだっ広い室内に響く。

やり場のないどす黒い感情が渦巻いて、このまま殺されたって構わないとさえ思えた。

「……この、簒奪者。どのつらを下げてわたくしの前に現れましたの。よくも……よくも煉兄さまを……！」

言いかけて、途中で声が掠(かす)れる。

志紅は、そんな雛花をじっと見つめていたが、やがて、「仕方がないな」とふうっとため息をついた。

聞き分けのない子供に困ったような、そんな調子で。

「それについて、何も言い訳をするつもりはない。きみの目の前で起こったことがすべてだし、好きなだけ俺を憎めばいい」

「言い訳はしない、ですって⁉　冗談ではないわ！　むしろ言い訳のひとつもしていただかなくては。どうしてあんなことをなさっ……」

「小花」

抗議を遮られた、と思った瞬間。

（っ⁉）

急に、がくんと視界が引き上げられ、雛花は息を呑(の)んだ。

志紅は雛花の細い顎(あご)を指先で掴(つか)み、緋色(ひいろ)のまなざしを絡ませるように視線を合わせると、

「きみに話がある」と含めるように告げた。

しでかしたことの大きさにもかかわらず、あまりに静謐なそれに、雛花は怯む。まるで、身体を石にする毒でも受けたように、声が出なかった。

「きみは天后になれない。この先、決して」

「はぁ⁉　何を言って」

「小花、いいや藍雛花。なぜならきみには、俺の妃になってもらうから。伏羲と女媧は兄妹神。皇帝の妻である限り、天后にはなれない決まりを知っているだろう」

本日付で、皇貴妃となることを命じる、と。志紅はさらりと告げた。

（わたくしが、紅兄さまの妃、って、え……えええ⁉）

志紅の宣言――いまや他でもない皇帝の宣旨に、雛花は水中で呼吸の仕方を忘れた魚のように口をぱくぱくさせるしかない。

「このあいだの話を、現実にしただけだよ。玉の装いも瑠璃の床も、卓を埋めるごちそうも、これからは全部きみのものだ」

「あ……れは、ただの、言葉遊びで……ふ、深い意味なんて……」

「羨ましい、って。言っていたね、小花？　忘れたかな。ここは桃華源だ。すべての言葉と文字は命を持つんだよ」

がくがくと震える雛花の輪郭を辿るように指が滑り、つっと頬を撫でられる。

「真珠の簪でも、金襴の衣でも。たくさんの使用人でも、四季の花咲く庭園でも。望むものならなんでもあげよう。君は今日から、俺の妻だ。小花」

――彼の声は、甘い。

穏やかな笑顔を浮かべた口許も、鮮やかな紅の瞳も。何もかもが常どおりに、雛花を甘やかし、守ってきた、とろりと糖蜜じみて感じられる、それ。

ぎゅっと己の襟元を摑んで放心していた雛花は、しばらく、魂が抜けたように、されるがままになっていた。しかし、指先が唇に触れた瞬間、弾かれたようにそれを払う。

「し……死んでもお断りですわ！」

「どうして？」

不思議そうに言われ、「当たり前じゃないの！」と返しかけた声がひっくり返って咽喉の奥に消える。

「俺は、夢を叶えてみただけだよ。可愛い小花。きみの望みなら、なんでも応えたいって思ってる」

なんだか、志紅の容貌を持つ、未知の生き物を相手にしているようだ。

「なんでも望みをというなら、まずは事情を説明して！」

「事情は『教えない』、理由は『話す必要を感じない』、それ以外にないよ」

「なんですって……？」

「すぐに分かる。何も考えず、すべてを素直に受け容れてしまったほうがいいと」

あまりにあっけらかんとした答えに、雛花はしばし唖然とした。

「だっ、……て。と、通りませんわよ、そんな無茶。わたくしが天后になることは、もう、煉兄さまの謁見の時には、高官たちの周知の事実に……」

「いないよ？」

もつれる舌で言い募る雛花に、志紅は不思議そうに首を傾げた。

「だって現に、あの時」

「きみが女媧を喚んだと知っている者なんて、誰も、いないよ？」

「……」

緋色の双眸はどこまでも穏やかで。――ぞっとした。

「で、でも……そもそもあなたが皇帝にだなんて、あり得なくてよ!! 伏羲真君は煉兄さまに宿ったきりのはず。宗室でもないあなたは、皇帝の力も使えないでしょう！」

この槐において、皇帝となる唯一にして絶対の条件がそれ――伏羲真君を召喚できることだ。そして、伏羲は今まで例外なく、宗室の直系にのみ継がれてきた。

(伏羲真君が、簒奪者に降臨されるはずがない)

たとえ禁城に住まう全員、槐帝国の民すべてが、簒奪帝たる志紅を二跪八叩頭の礼を以て迎え入れたのだとしても、自分だけは受け容れるわけにはいかない。女媧を召喚した天后候補としてもそこははっきりさせておきたいところだ。

「伏羲真君を召喚できれば、きみは俺が皇帝となったことに納得できる?」

言葉の内容が、一瞬頭にうまく滲み込まず、雛花は目をしばたたく。この男は、いったい何を言い出すんだろうか。

「できれば……って。できるわけがないでしょう。伏羲真君も女媧娘々も、宗室の血に宿っているのに」

「〝容と韻とで乾坤を抱け〟」

不意に、志紅が聞き覚えのある呪言を口にし、雛花は目を瞠った。

次の瞬間——彼の掲げた右手の指先から、ぽつぽつと火の粉のような光が漏れる。それはまたたく間に銀の輝きを帯び、空気を捩じるように、宙に何かの姿を顕現させた。

大きさは豹ほどだろうか。真珠のような光沢を帯びた漆黒の鱗、鹿に似た双角、鋭利な爪牙と蛇のごとき長い胴体を持つ、美しい生き物だ。

波打つ白銀のたてがみの黒龍。すなわち——

「ふ、伏羲真君……!?」

(まさか、紅兄さまの召喚に応えた!?　あり得ないわ!　宗室しか神々を降ろすことはできないはずなのに！　どうして!?)

宙空にとぐろを巻いたまま、伏義は赤い瞳で周囲を睥睨する。炯々とした眼光に射られ、雛花は身を竦ませた。

声もない雛花を一瞥すると、志紅は部屋の奥にある漏窓に向かい、人差し指と中指を立てて印を結んだ手を向ける。

「〝我が右腕をかたしろに我が身に降れ、伏義真君〟」

伏義の姿がかき消える。指が帯びていた光は彼の右腕にまとわりつき、手の甲に蓮華龍鱗紋を刻んだ。

するすると宙に書かれた文字は、【止】。

「悪いけれど、今、勝手にこの宮の外に出ることを禁じさせてもらった。きみのことだから、窓を壊して壁を伝ってでも逃げ出そうとするだろうから」

「なっ!!」

正確に行動の予測をされ、雛花は頰に朱を走らせた。

「いろいろあって疲れただろう。今夜は早く眠ったほうがいい。——また、会いに来るよ」

小さな子供を宥めるように、くしゃりと雛花の髪を撫でると、志紅は室を出ていく。そっと触れる指先は、どこまでも優しい。空恐ろしいほどに。

「……二度と来ないでっ!!」

ばたん、と大きな音を立て、戸が閉まる。足音が遠ざかっていった。雛花は唇を噛みしめ、手元にあった枕を、彼の消えた扉に向かって思いっきり投げつけた。

(何よ、なんなのよいきなり……!!)

情けなさに、喪失感に、また目がしらが熱くなる。それよりも、腹の底でぐらぐらと煮えたぎる怒りが、雫となってまなじりから溢れてきた。

敬愛する異母兄が、大好きな幼馴染に、いきなり殺されて。

その幼馴染が、よりによって異母兄の帝位までも簒奪して。

おまけに自分は天后になれないどころか、その妃として後宮に閉じ込められるという。

――〝君は今日から、俺の妻だ〟

かつて、夢みた台詞。幼い頃、同じように囁かれていたら、きっと天にも昇る心地だっただろう。けれど今はただ、苦しく、どろどろと暗澹たる気持ちを渦巻かせるのみ。

「納得できるわけないでしょう!?」

死んでも言いなりになんてなるもんか。ここで屈したら、理不尽に殺された黒煉の無念からまで目を逸らすことになる。

(あなたの言いなりになんてならない。こんな後宮、絶対に脱出してやる!!)

ぼろぼろ溢れる涙を手の甲で拭い、雛花は歯を食いしばった。

皇貴妃に強制的に立てられて、そのまま終わってなるものかと、雛花はさっそく反攻に転じることにした。

（たしかに幼い頃は紅兄さまのお嫁さんになりたいって思ってたわよ。でも、こういうことじゃないんだから!!）

最初に試したのは、古典的な、寝台の掛け布を繋ぎ合わせて換気用の小窓から脱出する、という手段だった。

――結果。

「出られない！」

召喚した伏羲の力は本当に行使できているようで、志紅のかけた【止】の術は伊達ではなかった。空気の入れ替えをしようとするだけなら窓に触れるのは簡単なのに、そこから身を乗り出しただけで、まるで壁でもあるかのように弾き飛ばされてしまう。お蔭で雛花は、何度毛氈の上に尻餅をついたか分からない。

（何度呼びかけても女媧娘々はわたくしに応えてもくださらないのに、なんなの。なんで宗室でもないのにいきなり力を使いこなしてるの、あの人）

次に試したのは、監視の眼を盗んでの扉からの正面突破だ。見張りも兼ねた侍女が食事の盆を置いたり茶を淹れている隙に、なんとか脇をすり抜けようとした――結果。

「はいはいそこまでー」

後ろからガクンと雛花は襟首を掴まれた。手の持ち主は一人しかいない。

「ちょっと珞紫！　おまえ、どうしてそんなに一瞬で気づくのよ……もうちょっと気を遣って背中を向けておいでなさいよ。っていうか追いつくのが速いのよ！」

「いや、だって、気配で『脱走してやるぞ、してやるぞ……』ってのがモロバレなんですもん雛花さま」

優秀すぎる侍女のせいで未遂に終わった。捕まって小脇に抱えられながら両手両足をじたばたさせる雛花に、珞紫は呆れながら「第一、陛下の呪が効いているんですから、表からでも出ようとしたら弾かれますしね？」と親切な忠告をくれる。

「だったら、紅兄さまは何をしているの。……話をさせてよ。わたくしは全然何も納得してなくてよ」

文句を縷々連ねてもみるが、「はいはい、今日のごはんは柔らかく煮込んだ鴨肉ですよ」と右から左に聞き流されて終わった。

「なにが鴨よ!? 食事が咽喉を通るとでも思ってるの!」

(どうやってでも、紅兄さまと話をしてやるわ)

正面突破が無理なら、後宮から出す気になってもらうまでのこと。次に雛花が試したのは、食事を拒絶することだ。

(むしろ、本当にお腹が減らないんだもの……)

後宮の食事は、毎日驚くほど豪勢だった。

生姜と醢の甘酢餡で煮付けた赤魚や、塩味の利いた海松貝の羹。細く練って揚げた米粉を組んで作った器に、花鳥の形に飾り切りした野菜や牛肉の炒め物を盛りつけ、花籠に見立てた繊細な料理。南瓜や黒豆を餡に使った甘い包子などの甜品も数種類。

山海の珍味を使い、気分がすぐれなくても食べやすいようにと配慮された品々が、毎日食べきれないほどずらりと螺鈿の食卓に並ぶたび、雛花は憂鬱な心地になった。

(わたくしの好きな麻花もある……〝卓いっぱいにごちそうを並べる〟ってこと……?)

変わってしまったはずの幼馴染の、以前と変わっていないかのような気遣いを感じるたび、胃がぐるぐると締めつけられるように痛む。

(妃に立てておいて、皇帝が会いに来るわけでもない。ただ、……ここにいるだけの毎日)

食事の支度をしてくれるのは、離宮暮らしの頃と同じく珞紫だ。彼女以外の女官はなぜかみな老齢で、滅多に室に入ってくることはなく、会ってもほとんど言葉は発さない。

「もう下げてちょうだい」

「あれ。召し上がらないんですか？　っていうか、箸もつけてないじゃないですか。ずっと何も口にされてませんよね？　娘々」

「おやめ。おまえに娘々などと正妃の敬称で呼ばれると気持ちが悪いわ。別に食べようと食べまいとわたくしの勝手でしょう」

雛花は顔を背けた。そう言えば、普段の珞紫なら「しょうがないですねぇ」と息をついて引いてくれるところ——だが、今回は違った。

「あー、そういうことでしたら、やっぱり召し上がっていただかなきゃですね」

「……め、珍しいわね。おまえがそんな風に食い下がるの。急にどうして」

慣れない反応にたじろぎつつ雛花が言い返すと、「なぜって」と珞紫はなんでもないように肩を竦めた。

「いやー、そりゃあ、あなたは後宮に入られたわけですから？」

「えっ……」

「雛花さま。あなたの髪も、肌も、声も、臓腑までも全部、残念ながらご自分のではない。陛下のものです。ほら、細っこいより肉づきいいほうが好きな男性って多いでしょう」

いきなり何を言い出すのだこの侍女は、と、雛花は目を剝く。

「馬鹿言わないで！　わたくしはわたくし自身のものよ！　第一、おまえこそおかしいと思わないの!? この宮に閉じ込められたまま、出られもしないなんて!」

「いえ? 全然。だって、——あなたは陛下のお妃さまじゃないですか!」

だから食事だってちゃんととらないといけないし、室にただ籠って陛下を待ち続けるのも変じゃないですよ、と。言い放つ声は、からりと明るい。思わず雛花は押し黙った。

(どういうこと!? は、話が通じない! 珞紫まで、別人みたいだわ……!)

それでも、どうにか食べないものは食べないとその日は突っぱねたのだが、しっかり志紅に報告がいったらしい。

「珞紫を困らせているそうだね。小花」

志紅が雛花のもとを訪れたのは、拒食を初めて二日後のことだ。朝食の席で、同じように手つかずの膳を前に「下げて」と告げると、唐突に、皇帝の来訪が告げられたのだ。

「お忙しい陛下がわざわざお渡りくださるなんて光栄ですわ。『また会いに来る』と言ったくせに、まったくおいでにならないから、よほど政務が立て込んでおいでなのかと」

精いっぱい冷淡に告げ、孔雀緑のまなざしで睨みつける雛花のもとに、志紅はにこりと微笑んで歩いてきた。

「心配してくれるんだ? 優しいね」

(違うし皮肉ですし!! 効いてないのか聞いてないのか言葉が通じないのか、どれ!?)

しかし、彼は雛花を見下ろす位置で足を止めると、軽く嘆息した。

「忙しかったのもそうだし……『二度と来るな』と言ったのは、小花だったと思うが」

「はい？」

雛花は目をしばたたいた。

（それは、言った……けど）

この人、どこまで本気なんだろうか。

「ご所望どおり、しばらく来る気はなかったよ。落ち着くまではそっとしておいたほうがいいと思っていた。ごめん、これからはこまめに顔を見に来るようにする」

「いりません。むしろ、なんでいつの間にかわたくしがあなたに会いたい、みたいな設定になってますの」

「で、――食事を一切とっていないんだって？」

「……」

さりげなく拒絶をかわされたこともだが、いよいよ来た、と雛花は視線を逸らす。

「野菜の包子、好きだっただろう。膳はきみの好きなものばかりのはずだ」

「いりませんわ」

「だが、このままでは餓死してしまう」

「だから、何？　ちゃんとお話を聞かせていただくまで、いっさい食事なんてとる気はないわ。教えなさい紅兄さま。どうして煉兄さまを、あんな……」

「仕方ないな」

ふう、と視線を伏せて軽くため息をついた志紅は、不意に、傍らに控えていた珞紫に声をかけた。

「これを作った料理人をここに呼べ」

その言葉に、雛花は一瞬、動きを止めた。

（料理人を……？）

どことなく不穏なものを感じ、彼の柘榴色の双眸を見つめる。

間もなく呼びつけられたのは、わけが分からないといった風情で目を白黒させる料理人だ。まだ年若く、厨房から直行したのだろう、使い古した白い衣に油汚れが飛んでいる。

（わざわざ呼びつけて、どういうつもり……？）

おまけに、後ろから龍武軍の兵がぞろぞろ入ってきて、さらに混乱した。

ひたすら平伏し、床に額を擦りつける料理人を一瞥すると、志紅は兵たちに命じた。

「首を刎ねろ」

「!?」

仰天したのは雛花だ。慌てて止めに入ろうとするが、目の前で槍を交差されて動けない。

「食事が我が妃の口に合わないらしい。彼女の不興を買うような料理人はいらない」

「ちょっと……冗談でしょう⁉　違うわ！　わたくしが食べなかっただけで！」

うわ言のように「お許しを」と呟きながら、真っ青になって震える料理人の両腕を掴み、兵たちが首を差し出させる。振りかざされた曲刀の凶悪な輝きに、雛花は悲鳴を上げた。

「待って！　やめて‼　食べるわ、食べればいいんでしょう……⁉」

結局、その日は雛花が食事を終えるまで、志紅は席をともにするでもなく、ただ傍らの椅子で見ていた。監視されている気分だが、よく考えなくても、本当にただの監視なのだろう。

（これは、誰？）

雛花は俯いた。ただ恐ろしく、気味が悪くて、彼の方を見られない。

笑顔を崩さぬまま、常と変わらぬ優しい声で。罪もない料理人の首を、花を摘むように刎ねよと命じる。大切な、憧れの幼馴染の形をとった、これは誰だ？

「美味しい？」

（味なんて、分からない）

野菜の包子に箸をつけた時に何げなく尋ねられ、雛花はぐっと歯を食いしばった。

「……最低。あなたは、人間の皮を被ったばけものだわ」

「ばけものでいいよ。きみがちゃんと食事をしてくれるならね」

顔を上げて咬みつく雛花に、組んだ脚に頬づえをついて彼女を見ていたらしい志紅は、気を悪くするでもなく淡く笑んだ。

「思ったよりも元気そうで、少し、安心した。小花」

本気の安堵が交じったそれは、聞き慣れた『紅兄さま』の声音そのもので。

(変わってしまったくせに。どうして)

出て行ってしまう龍袍の背を見送りながら、雛花は、やりきれなさと悔しさに俯いた。

(どうして、昔のままの声で、まるで本当に心配していたみたいに。そんなことを言うのよ。紅兄さま)

かつてその名を呼ぶたびに覚えていた甘酸っぱいせつなさは、もう、戻らない過去のものでしかない。

その後、志紅はたびたび雛花の様子を見に来るようになった。ここのところは、数回に一度は食事の席をともにするようにもなっている。それがさらに憂鬱に拍車をかけた。

(疲れてるのに……ぜんぜん眠れない。食欲も、ないんだけど……食べなかったらまた、料理人が酷い目に遭うかもしれない。悔しいけど力だって、蓄えなきゃだし……)

「小花。食欲がない?」

朝餐の席で、卵でとじた鶏粥をもそもそと口に運ぶ雛花の疲弊した様子に目ざとく気づいたらしく、同じ大卓を囲んでいた志紅は、眉をひそめて問いかけてくる。

「顔色が悪い。ちゃんと眠れている？」

（どの口が！　誰のせいで不眠になったと思ってるのよ！？）

料理人の一件があったため、下手なことは言えない。怒りを押し殺し、だんまりを決め込むことにして、雛花は粥の上に浮かぶ油条を匙ですくった。

自然と雛花は、志紅と食事の席をともにする時、「逆鱗に触れず、どうやったらこの時間を無事に乗り切れるか」を考えるようになってしまっている。

形は甘やかされている。したことがないほどの贅沢をしている。

だから時おり、今、いったい全体どうしてこんなところで、自分は何をしているのだろう――と途方に暮れる時がある。そんな時、雛花は指を握り込むように拳を固めた。そうすると、欠けた爪が掌に食い込む。

（ちゃんと痛い。夢じゃない）

屈したくない、という決意のために、あの簒奪の晩、割れてしまったそれを、雛花はわざと磨かせずそのままにしているのだ。

（今日も、なんとかやりすごした）

しかし、俯いたまま食事を終えた雛花に、同じく箸を置いた志紅は困ったように笑みを深めた。

それから、席を立ってすぐそばまで歩いてくると、唐突に雛花の顔を覗き込む。

「小花。——爪を見せて」

「え」

ぎくりとする雛花に、志紅は首を傾げる。見上げた緋の双眸は、底知れないものを湛えていた。

「左手の爪先、ひとつ欠けているよね」

「こ、これは」

「そんなふうに握り込むと痛むし、掌に傷がつくよ。ほら、見せて。やすりを持ってきたんだ。この場で手入れしてしまおう」

(なんで!?)

「け、結構ですことよ。そんなの皇帝の仕事じゃないでしょう!」

驚いた雛花は、指を庇うように胸に押し抱き、食卓の席を立って長椅子に逃げる。しかし、当然のように彼が隣に腰を下ろすので、後がなくなった。

「そうだね。侍女に任せておいたら、この有様だから、俺がするんだ」

とっさに立ち上がろうとすると、腕を掴まれてやんわりと引き戻される。雛花の白く小さい手に、彼の骨ばった長い指がしっかりと絡まった。

振りほどけない。自分より低い、ひやりとした体温に、胃の腑までもすうっと冷える。

「……念のためにお伝えしておくと、侍女の怠慢(たいまん)ではないわ」

睨みつけて牽制(けんせい)する雛花の手首を押さえたまま、志紅は笑んだ。

「うん。ここに来てからずっとそうだから、わざとなんだとは思っていた。……それで、なぜこのままにしているのかな？」

（気づかれた、……というか、ずっと気づいていたってこと）

怯(おび)えが指先を細かく震わせていることも、彼はお見通しなのだろう。

隠し事は無駄らしい。わななく唇で、雛花はどうにか告げた。

「わ、忘れない、ためよ」

「なにを？」

「……――」

なんでもないように言われ、雛花は唇を噛(か)んだ。

（なにを、ですって。それを訊くって言うの、あなたが。――煉兄(れんにい)さまを殺したのは、あなたのくせに！）

きっと彼は分かっている。欠けた爪は、雛花が、己(おのれ)を保つためのよすがだと。その上で問うているのだ。全部全部、知っているくせに、どの口で！

限界だった。

何がなんだか分からないまま、自由を全部奪われて、この男の意に染まぬことをしないよう、薄氷を踏むように生活するのは、もう。

「――いい加減にして！」

気づけば雛花は、彼の手をもぎ離そうと暴れていた。

「わたくしのことも殺せばいいじゃない！　どうしてこんなまどろっこしいことをするの。どうしてわざわざ苦しめるのよ！　何が目的なの⁉　怯えるわたくしを見て楽しんでいるの⁉　わたくしはあなたの玩具ではないわ！」

「落ち着いて。大丈夫。俺がきみを殺したりするわけがない」

無我夢中で身体をよじって暴れる雛花を難なく押さえ込むと、志紅は胸に抱き込むようにしてその動きを封じた。

鎖骨に額が押しつけられ、近い距離に動揺する。

「殺すわけがない、って！　そんなわけ」

「殺さないよ。それじゃ意味がない」

「意味がないって……どういうこと？」

この問いに、志紅はただ腕に込める力を強くした。

はぐらかすつもりかと、顔を上げて睨みつけようとしたが、それも読んだかのように脇の下に手を入れ、くるりと身体を反転させられる。後頭部を彼の胸板に押しつけるように、膝の間に座らされた。背後からすっぽり抱かれる格好になる。悲鳴を上げる暇もない。

「じゃ、爪の手入れをしてしまおう」

唖然としている間に、素早く彼は雛花の手を取ると、取り出したやすりを欠けた爪に器用にかけはじめた。

もう何も言う気力が失せてしまって、雛花はされるがまま、己の指先を見つめた。

かりかりと、じれったいような振動が指に伝わり、いびつだった形が円く整えられていく。なんともいえない悔しさが胸にせり上がってきて、雛花は唇を噛んだ。

「笑った顔が見たいのに、悲しませるしかできないね。どうしたら笑ってくれるかな」

背後から、耳裏にじかに吐息が触れる。雛花は顔を伏せた。

「何が不満？　退屈なら、昔欲しがっていた、愛玩用の仔猫をあげようか。それとも、黄金色の羽毛を持つ、美しい声でさえずる西方の小鳥がいい？」

「……ここから、出して。煉兄さまを、かえして……」

「ああ、そうだ。欲しいものが何もないというなら」

蚊の鳴くような声で訴える雛花に、聞こえなかったように志紅は囁く。すっかりきれいになった指先を検分しながら。

「きみに長年辛くあたってきたきょうだい達に、それぞれ相応の報いを受けさせていけば、多少は塞いだ気も晴れるかな」

「っ！」

「みんな捕えてある。……皇籍を剝奪して国立の道観に入れる準備を進めていたが、それだけでは足りないかも。たとえば、同じことを返してみるのは？　飢えた野犬をけしかけたり牢に火をかけたり――」

ごく自然に提案する志紅に、雛花はびくりと身を引く。

「やっ、……やめて！」

たしかに彼らには酷い目に遭わされてきた。

（だからって、そんな恐ろしい復讐を望んでるわけじゃない……！）

血の気の失せた顔で首を振る雛花に、「そう」と志紅は頷き、彼女の左手を己の口許に近づける。ふっと息を吹きかけて、指先の粉を払った。

「……そう言うと思った。きみは、無益な血が流れるのを厭うから。誰にでも嫉妬はするし、腹は立てるし、このままじゃすまさない、っていつも言っているけれど。憎らしい、妬ましい相手に危害を加えてやろうとしたことは一度もない」

何をされても、すべてを前向きな力に変えて、悔しさを糧に進んでやろうとしてきたよね、と。彼は続けた。顔はこちらから見えない。声はただ静かだ。

「よく知ってる。きみは俺の幼馴染で、……ずっと、そばで見てきたんだから」

雛花は黙ってそれを聴いていた。

（わたくしも、あなたを一番そばで見て来たんだと思っていたわ）

「……神経を疑うわ。わたくしの大事な人を殺すだけじゃ飽き足らず、夢まで奪うくせに」

「天后になるっていう？」

なんでもないように言われ、雛花は振り返って彼の顔を睨もうとした。またも押さえられて、もう少しのところで未遂に終わる。

「そうよ。ずっとずっと目指していたのを知っているのに。よくもいけしゃあしゃあとそんな台詞が言えたものね」

やけっぱちになって咬みつく雛花を、志紅は「その件だけど」と遮った。

「このあいだは中途半端になってしまったが。きみは天后に向いていないよ」

「なんですって？」

「小花。きみが天后になるために、血を吐くほど頑張ってきたのも、俺はたしかに知ってる。詠仙の詩だって、一日も欠かさず書き写していたし」

「え、……ええ、そうよ」

「令牌術の上達は遅かったけど、崑崙の七経七緯を暗誦するのは、皇子皇女の中で一番早かった。たった七つの時には最難の緯書『孝経援神契』まで諳んじたし、『白澤図』に記載の渾沌の魔、計一万一千五百二十種を特徴含めて全部覚えているのも、きょうだいできみだけだと思うよ。落ちこぼれの徒花公主だとあなどって、誰も知らないようだけど」

すらすらと己の努力の軌跡を述べる志紅に、雛花はぽかんとした。

「!? よく……覚えていますこと」

そんなに、至らない妹分が心配だったのかと、雛花は状況も忘れて居たたまれなくなった。けれど、いよいよ居心地が悪くなったのは、その先を聞いてからだ。

「——でも、それで?」

「それで、って」

「そもそも。小花、きみは天后の役割がどんなものか知っている?」

「当たり前でしょう」

皇帝と天后は、この槐帝国の政治的な頂点であるとともに、桃華源の文柱。伏羲と女媧の化身である彼らは、日々欠かさず祭祀を行うことで、韻容五彩の布の織り目を強固なものにする。

「渾沌の魔が桃華源に入って来られないように日々祈り、布目をかいくぐって強力な魔が出た時は、令牌術士に力を分け与え、軍を加護し、時には直に迎え討つ。皇帝も、天后も、絶対の存在だからこそ、全権を任されている、いわば国を守る要だわ」

「満点の答えだ。……けど」

志紅は、手入れを終えた雛花の爪を弄ぶようになぞる。

「それで、きみは? 誰にも負けない努力をしている。なりたいという強い願いがある。でも、天后になって、具体的に何がしたいんだ?」

「っ！」

「己を嘲っていた周囲を見返してやりたい、っていうのは聞いていたよ。でも、それは天后じゃなくてもできる。たとえば、こうして皇貴妃になって、俺のもとで権力を振りかざせばそれでいい」

兄姉たちの処分のことを持ち出したのはそれでか、と合点がいった雛花は、とっさに喉元まで出かかった抗議を呑み込んだ。

（酷い。よりによって、あなたがそれを言うの⁉　全部っ、全部あなたのためなのに！　絶対に天后になって、……そうしたら父上はあなたを赦してくれるって――）

「……あ」

そこで気づいた。思わず声が漏れる。

（紅兄さまのためって……それじゃ、この人の言うとおりじゃないの……）

志紅を救うこと。また、その家の名誉を回復すること。

それもまた、天后そのものにはなんら関わりないことではないか。

あの日、女媧を召喚して、やっと天后になれると浮かれていた。でも、どこか不安があった。――その正体は。

「天后は国の要。なのに、それってどうなのかな。小花、きみにひとたび女媧娘々が降臨されたのは、なるほど、きみのたゆまぬ努力を認めたからかもしれない。でも、知っていた？　神々は、明確な意志を持つ者を好むんだ。より強く、叶えたい願いがある者を」

「言わないで」

「召喚に成功したにもかかわらず、以後一度も応えがなく。きみが未だに女神の力に覚醒していないのは」

「やめて！　お願い！」

その続きを言わないで。他でもない、志紅の口からだけは聞きたくない！

耳を塞ごうとする雛花の気持ちを斟酌せず、その両手を押さえ込んだまま、志紅は残酷に告げた。

「天后になりたいという、きみの中身が、——空っぽだからじゃないか？」

言葉が鏃となって深々と胸に刺さり、そこから毒が回ったように、雛花の全身からどっと力が抜けた。

（わたくしが……からっぽ、だから……）

あまりの虚脱感に、涙も出ない。

かくん、と頭を垂れる雛花の背を優しく叩き、志紅はずっと弄んでいた雛花の左手を少し掲げた。

「細い手首だ」

軽く力を込めただけで折れそうだね、と志紅は呟く。朱で蓮華龍鱗紋の刻まれた、それ。

そして不意に、その手を引き寄せ、彼は指先に軽く口づけた。

ひんやりと冷たく、濡れた感触。自失していた雛花は、はっと身を強張らせる。

「……きみは俺の妃だ。無理やり奪ってしまうこともできる」

女媧の写し身である天后は、兄神たる伏義の化身である皇帝の妻であってはいけない。それは大前提の禁忌だが、それと同時に、生涯未婚――つまり、処女を守らなければならない。

今まで、あまりにそんな素振りがなくて。彼が己に手をつけるという可能性を、間抜けにも雛花は考えてもみなかった。

背に感じる低い体温。近すぎる距離を改めて認識して緊張する雛花を抱き上げて立たせると、「冗談だよ」と志紅は微笑んだ。

「これからは、無理をして頑張らなくていいんだ。信じてもらえないだろうけど、俺はきみにただ元気でいてほしい。笑顔でいてほしいだけだよ」

彼の声、彼の顔。いつも見上げてきた柘榴の眼。いつも迷いなく差し伸べられ、守ってくれた大きな手。

焦がれてきたその手で、丁寧にすり潰すように砕かれた己の心が、緋毛氈の敷かれた豪奢な床に散らばっているような幻視をした。

ただ、頭の中が真っ白で。

「嫌い。大っ嫌いよ……あなたなんて……！」

「ああ。それも、知ってる」

雛花は歯を食いしばり、糸の切れた操り人形のようにうなだれる。

磨かれた爪を緩く握り込んでも、もうあの痛みをもたらしてくれることはない。


そんなことを繰り返しながら数日も経つと、雛花はへとへとに疲れ切ってしまっていた。

だが、志紅は雛花を連れて、とどめのようにとある行事を行った。

早朝の薄暮の中、珞紫に揺り起こされた雛花が連れ出されたのは、禁城外廷主棟前の広場を見下ろす露台だ。長い階段を下った先にある、石の敷き詰められた広場は、はるか地の果てまで続くかのように錯覚するほど漠々としている。

そして何よりも圧倒されたのは、その広場を埋め尽くす、無数の臣下たちだった。

（これ……）

驚きのあまり、雛花は声を失う。

風に翻る、黒々とひしめく『槐』の旗の群れ。上は緋の袍と仙鶴や獅子の佩玉を下賜された最高位の文武官を筆頭に、下は袍に練雀を刺した無品の雑職に至るまで、数万に至る官人たち。

すべてが一堂に会するのを見下ろすのも、彼らが皆こちらに頭を垂れているのも、あまりに規模が大きすぎて。まるで夢のように現実感に乏しい。

（朝礼の儀……）

政務の場として使われる朝廷という語は、本来、この朝礼の儀を行う場を指す。満月の夜が明けるごとに、臣下が一堂に会し、皇帝に拝謁する重要な行事だ。

かつて雛花も、当然出席していた。ただし、皇子皇女の一人、その中でも特に低位な者として、階下の物陰からひれ伏す立場だった。

それが今は、正式に皇貴妃として皇帝の傍らに控えさせられ、はるかな高みから彼らを眺めている。

「跪礼！」

「叩頭！」

「万歳！」

号令とともに、臣下たちは一斉に膝を折り、地に額を擦りつける。

「新皇帝陛下、万歳！」

──二跪八叩頭の礼。皇帝に忠誠を誓い、歓呼とともに一糸乱れぬ最敬礼を行うさまは、まるで海原の大波のようだった。

（伏羲真君を召喚できたのだもの。誰も納得しないわけにはいかない……紅兄さまは、もう完全にこの禁城を掌握しているのだわ）

そして、それを知らしめるために、雛花をわざわざこの場に呼び寄せた。

明け方の冷気を払うほどの、槐帝国への万歳を唱和する臣下の熱気に気圧され、雛花はごくりと唾を呑んだ。

しかし、真に驚くべきは、その後。ちょうど、式典が二度目の跪礼に入ろうとした時だ。

「新皇貴妃に万歳を！」

どこからだろう。聞き知ったような声が上がる。

（えっ……!?）

その意味を考える暇もなく。

顔を上げた臣下たちの視線が、一斉に雛花に集中した。

見はるかす限りから、おびただしい数の眼が、じっと己に注がれる。

（ち、違う……！　違うわ……わたくしはこの人の妃なんかじゃ……！）

足が竦み、思わず後ずさりかける雛花の腰を、志紅が抱き寄せた。まるで、その場に集った全員に、彼女こそが我が妻だと示すように。

視界の隅を、銀のたてがみをなびかせた、長く黒い影が過る。顕現した伏義は、夫婦を祝福するように周囲を旋回した。

「万歳！　新皇帝陛下と、未来の皇后陛下に！」

皆が地に跪き、唱和はいよいよ高く、さらなる熱気が広場を押し包む。ただ雛花当人だけが、取り残されたように呆然と立ち尽くしていた。

やがて式典が終わった後、控えの間に落ち着いても、ぼうっと宙を見つめたままの雛花に、志紅は穏やかに告げた。

「小花。無事にきみを披露できてよかった。臣下たちは皆、きみの顔を覚えただろう。皇貴妃として」

緋色の眼を睨むうち、雛花は、彼が朝礼に自分を出したもうひとつの意図を察する。

（つまりは臣下たちにわたくしの顔を覚えさせたから、たとえ【止】の呪を破っても、すぐに見つけて捕らえるぞということ）

無言のまま睨みつける雛花の髪に、彼はおもむろに指を差し入れる。

「……！」

身を竦ませたが、何が楽しいのか、手すさびに梳いているだけだ。ひと房だけが編まれたそれは、くるくると彼の指先に巻き取られ、重みに従って滑り落ちていく。

「認められないわ、こんなの」

彼の手を払いのけ、吐き捨てる雛花に、「なぜ？」と志紅は目を細める。

「だって、誰が声を上げたのか分からないけれど、正式なお披露目でもないもの。堂々と後宮入りしたわけでもない女が皇貴妃だなんて、臣下に示しがつかないじゃない」

「じゃ、示しがつくように、正式な発表の場を設けよう。ひと月後の朝礼がいいかな」

苦し紛れの抗議は、あっさりと流されてしまった。

（おまけに、発表がひと月後って……しまった、期限ができちゃった!?）

そこまでに後宮を脱出できなければ、天后になる夢は完全に潰える。のみならず、大人しく彼の妃として生きるしかなくなってしまう。

自分で自分の首を絞めたと気づき呻く雛花に、志紅は、聞きわけのない子供に言い含めるように告げる。幼い頃から変わらないあの優しい笑みで。

「小花。きみが逃げる場所なんて、この世のどこにもない」

いよいよ諦めるしかないのだ、と。

否でも応でも、その事実をはっきりと悟らせるために、志紅は雛花を式典に呼んだのだろう。

足元が溶け崩れるような絶望感に、雛花は目を閉じる。まなうらに浮かぶのは、先ほど全身に受けた、地を揺るがす二跪八叩頭の大礼。翻る『槐』の黒い旗——

雛花ははっと目を開けた。

（？　待って。どうしてかしら……さっきの朝礼。何か、おかしいわ）

　そのまま違和感の正体について考え込む雛花は、自分を見下ろす志紅が、わずかに目を眇めたことに気づかなかった。


　何をしても無駄だ、諦めろ。

　——言外に、そう告げられたに等しい状況で。

（このわたくしが素直に諦めると思ったら大間違いなのよ！　っていうか、一斉に跪かれて万歳万歳叫ばれるのがこんなに羨ましくないことだなんて！　骨の髄まで嫉妬根性の滲みたわたくしでも羨めないなんて、よっぽどなんだから）

　ぱん、と両手で頬を打った雛花は、大きく深呼吸して気持ちを落ち着ける。

　虐げられっぱなしの人生、気持ちの切り替えは得意なのだ。長年にわたる自虐と嫉妬の日々が、こういう役立ち方をするとは思わなかった。

（冷静になろう。いきなり脱出なんて、できなくて当たり前。そっちがそのつもりなら、こっちも搦め手から攻めるまでだわ）

　皇貴妃の居室で読書に耽るふりをし、後ろで茶を淹れる珞紫に、雛花は雑談を装って話しかける。

彼女が志紅と手を組んでいるのは重々承知のうえで。

「ねえ珞紫。朝礼の儀って、上から見るとあんなに壮観なのね。知らなかったわ」

（紅兄さまは、今はもう何を尋ねてもほとんど顔に出さないけれど、付き合いが長い珞紫は、まだわたくしにとって機微を読みやすいのよ）

他でもない珞紫も言っていたことだが、雛花には、嫉妬が日常茶飯事だったからこそ得た特技がある。

――どんな相手でも、瞬時に人柄や特質を見切って羨ましがる点を探し出すための、優れた観察眼を持っているのだ。

（って、本末転倒はなはだしいけど！　伊達に物欲しそうに他人ばっかり見てきたわけじゃないのよ！）

「まあ、伏義を降ろしているといっても……宗室でもない紅兄さまが、臣下の信頼をこんなに早く得ているのはびっくりだけど。考えれば、無理なことじゃないものね？」

もちろん、素直にアレコレ訊いたところで答えてもらえないのは学習済みだ。案の定、珞紫は、微笑みの下で警戒を強めたようだった。

「えーと。それ、私に訊いてらっしゃるんで？」

「別に。独り言よ」

雛花は言い置くと、膝の上で崑崙の詠仙たちの詩集を開きながら、そっと珞紫の様子を窺《うかが》い見た。

「だって、放伐《ほうばつ》か簒奪《さんだつ》かっていう以前に、現状、あの人は煉兄《れんにい》さまから帝位を『禅譲《ぜんじょう》』されたことになっているのでしょう？」

「……それ、私、話しましたっけ？」

「ああ、やっぱりそうなの。だって、朝礼ではためいていた帝国旗、地色の禁色《きんじき》が煉兄さまの使っていた黒のままだったわ。暗君《あんくん》を放伐したならまず禁色を変えるのが桃華源《とうかげん》の習いだもの。国号も『槐《かい》』のまま。下手をすると急な新帝即位は、先帝の病による一時的な委任《いにん》だとか偽って、煉兄さまが亡くなったことすら伏せられていたり、ね？」

（煉兄さまは、即位してそう経ってはいないけれど、間違いなくよき為政者《いせいしゃ》だった。いくら伏義真君《しんくん》を召喚できるとはいえ、煉兄さまを弑《しい》してこの短期間で臣下を掌握するなら……『あとのことを黒煉前陛下に委《ゆだ》ねられた』とするのが、一番手っ取り早いもの）

あの簒奪の晩。兵たちの話では、文武官は「説得した」、雛花の他の皇子皇女は「押さえた」と言っていた。制圧した、とも言っていたが、ほんの短い時間で皇宮全体を巻き込んで大きな戦いに決着をつけるのは難しい。全体でみれば、さほど荒事になっていない証拠だろう。

（ここまでは、冷静に状況を見ていれば、わりとすぐに推測できること……）

しかし、雛花に余計なことを教えてしまったと考えたのか、即座に珞紫が「しまった」

という顔をする。よし、と雛花はたたみかけた。

「でも、そこまで隠しておきながら、簒奪の瞬間の、一番の目撃者になるわたくしの口を、あの人は封じないのね。わたくしなら真っ先に殺すけれど？　にもかかわらず追放するでもなく、ただ閉じ込めるだけなんて。おかしな話だわ。そもそも、煉兄さまを、わたくしの前でわざわざ殺したことからして変だけど」

「……わざわざ？　なんでです？　その日は護衛を遠ざけ給仕まで排した、三人だけの内々の祝宴だったんでしょ。そこしか機会がなかっただけかもしれないじゃないですか」

失態を取り戻そうとするように言い返してくる珞紫に、雛花はじっと視線を注ぐ。わずかな動きも見逃すまいと。

「いいえ。そもそも煉兄さまに拝謁した時、兄さまは『天后就任の祝宴は、志紅の提案だ』とおっしゃったの。幼馴染のよしみを使って暗殺するだけなら、『二人で飲もう』と言えばすむ話。わたくしを呼ばなくても構わなかったはずだもの」

雛花が注意深く様子を窺うと、茶を淹れていた珞紫は、今度は何も言わなかったが、仕草に反応があった。彼女が白茶を注いだ、梅花紋様を浮かばせた青磁の器は、雛花との間を区切るように卓の中央に置かれる。

（隠し事がある時は、自分と相手のど真ん中にものを置いて、心理的に距離を取りたがる。それから、瞳が右の方に動きやすい）

では、やはり。

（……紅兄さまは、わざとわたくしの前で、煉兄さまを殺したんだわ）

ぞっとする話だが、それ以上に、その意図が分からない。重要すぎる目撃者をわざわざ作って、おまけにそれを生かしておく理由は？

「あの人、なんだかよほどわたくしにだけ隠したいことがあるみたいね」

「さあ？　私はしがない侍女ですんで、陛下の、御心のうちまでは分かりませんよ」

薄く笑った珞紫の琥珀の瞳が、そっと右に動くのを確認しながら、雛花は「あら、そう」と何事もなかったかのように頷いた。

珞紫が退出した後、誰もいない皇貴妃用の室で雛花は一人思索に耽る。

（やっぱり。……今、一番集めるべきものは、情報だわ。紅兄さまは、世情からわたくしを遠ざけたいのね。簒奪の理由については、一番隠したがっているもののひとつ）

そして、考える隙を与えず、雛花を後宮に封じ込めようとしている。

（そうはいくもんですか。あなたが皇帝の地位を使うのなら、わたくしも皇貴妃の地位を使わせてもらうわ！）

受け容れるかは別として、現在雛花は後宮において最高の権力を持つ女性のはずだ。

（情報も必要だけど、人手もいるわね。こちらは無勢、あちらは多勢じゃ、物理的に抵抗するだけ無駄ですもの。後宮で情報集めをして、なんなら協力者も募りましょう。謀反からはまだ日が浅い。後宮は、煉兄さまが妃嬪を入れた時のままになっているはず）

黒煉は、じきじきに人選を行って、とっておきの美姫ばかりを揃えたと言っていた。有力貴族の姫君や、世情に長けた裕福な商家の令嬢もきっといるはず。

若く美しく強かさもある妃嬪たちは、腕力こそ男に劣る場合が多いかもしれないが、味方につけておくに越したことはない。中には、珞紫のように男をしのぐ武術を身につけた者や、男性を手玉に取ってうまく情報を得る者などもいるだろう。

――〝そのうち雛花にも紹介してやろう。このオレが精根込めて完成させた、史上最強、唯一無二の後宮を！〟

白い歯を見せて快活に笑っていた、黒煉の浅黒い肌の顔が脳裏に甦る。

（まさか煉兄さまも、わたくしが仕上げにその後宮に入るなんて思ってもみなかったでしょうけど……っていうかわたくし自身が予想してなかったわよ）

はあ、と息をつき、気を取り直した雛花は、窓に向かう。

透明な玻璃のはめ込まれた広い漏窓と、その向こうにある春景色。

「〝韻と容とで乾坤を描け。我が右腕をかたしろに我が身に降れ女媧娘々〟」

雛花はきゅっと片拳を握った後、中指と人差し指を立てる印を結んだ。左腕を掲げ、指先で窓に向かって【破】と一文字。

ここのところの日課になっているが、今日もびくともしない。

ここに閉じ込められてからこちら、【止(とめる)】に対抗できる文字を思いつく限りすべて書き、かつあらゆる身体の部位を犠牲にすると口上を述べ、なんなら身体の向きやら捻(ひね)り方や声音を裏声仕様にしたりと変則で数千回試したが、一度たりとも手応えがあったためしはない。おそらく、志紅いわくの『女媧の力が覚醒していない』せいだろう。

（煉兄さまの嘘(うそ)つき！　贄(にえ)なんて払っても駄目じゃないですの!?　起きたのは女媧娘々召喚どころか腱鞘炎(けんしょうえん)よ！）

少し前まで、女媧を召喚できたら、何もかもうまくいくような気がしていた。現実は決してそんなことはなかった。

――〝天后(てんこう)になりたいという、きみの中身が、空っぽだからじゃないか？〟

耳の奥にこびりつき、離れないあの声。正直、返す言葉もなかった。

（女媧娘々は、意思の強い者を好む……。わたくしがいつまで経(た)っても力を使えないのは、決めるべき覚悟を持たない者に、天后になる資格なんてないんだって。そういうことよね）

今までずっと、志紅こそが、雛花の道しるべだった。その志紅から突き放された今の雛花は、――彼の言うとおり、まさに空虚(くうきょ)な抜(ぬ)け殻(がら)なのかもしれない。

（どうするべきなのか、分からない。真っ暗な夜の海に、小舟で放り出されたみたい）

朝を迎えるたび、何度も『紅兄さま』はもういないと思い知る。今、涼しい顔で玉座にかけているのは、雛花の知らない簒奪帝なのだ。

——考えると気分が重くなる。けれど。

(それでも、考えなさい。それがわたくしに残された唯一の武器なのだから)

目指すは後宮脱出。

そのために、まずは後宮掌握。あわよくば、仲間集めだ。

「わたくし、ここに来てからこの室に引きこもりっぱなしでしょう？　仮にも後宮の女あるじになったからには、それはまずいのではなくて？　他の妃嬪に挨拶がしたいんですの。桃の花見の会を開くと言って、可能な限りの人数を集めなさいな」

「えー？　またまた、娘々ってば今度は何を企んでるんですかぁ？　無駄にやる気あるっぽい言葉が、逆に嫌だなあ……てか、そんなのやってる暇あったら、妃らしく陛下のためにちょっとでも美しく装うとかやりましょうよ。雛花さま色気ないんだから化粧と衣装でカサ増ししないと」

「悪かったわね色気も胸もなくて！　第一、娘々はおやめって、もう何回目なの珞紫。正直、紅兄さまの息のかかりまくったおまえとばっかり話してるんじゃ息が詰まるのよ!!　どうせ何やったって報告行くんでしょ、ちょっとは気晴らしさせなさい！」

「えええ……面倒くさいですけどしょうがないですねえ、めんどくさいですけど」

（めんどくさい二回言った！）

しきりに億劫がる珞紫をつっつき回し、雛花はやっと後宮で大きな茶宴を開く機会を得た。聞けば、意外にも志紅はすんなり承諾してくれたらしい。それどころか、ありがたくも他の妃嬪に根回しまでしてくれ、茶宴には後宮のほぼ全員が勢揃いするとか。

（えっ、どういうこと？　てっきり、わたくしが他の妃嬪と接触するのなんて、妨害してくるかと思ったのに……）

さらに、立て前を繕うために、それなりの格好をと珞紫にお願いしたところ、「じゃあコレを是非」と見たこともないような美々しい衣装を並べたてられ、雛花は度肝を抜かれた。

「鳳凰と牡丹が金糸銀糸で縫い取られた金襴の長袍に、草花紋様が細かく織り出された衫襦……おまけに珊瑚や瑪瑙を縫いつけて華紋を出した帯に、真珠を散らして花に見立てた深紅の裙……しかも全部絹とか……。おかしいわ、何かしらこの文化的差異。わたくしも禁城のすみっこで育ったはずなのに」

「あるところにはある、カネとモノってやつです。ってのはまあ冗談で、ぶっちゃけるとこちらのご衣装ぜんぶ、あなたが茶宴を開かれると聞いて陛下がお見立てしてご用意されたものですよ」

（げっ）

品のない悲鳴を雛花は辛うじて呑み込む。

「この量を⁉　わざわざ⁉」

「大丈夫です。ご自分の将軍時代のお給金使ってるから、公金は痛んでないそうです」

「あらそうそれなら……ってよくないわ！　わたくしが言いたいのは、なんでそんなことするのかって意味でね！」

「んー、そりゃまあ嬉しかったんじゃないですか？　だって見ようによっちゃ、他の妃嬪を集めて茶宴を開くなんて、あなたが後宮にいることをとうとう受け容れた……とも取れますもん。あなたに裏しかなさそうなのは絶対ご存じだと思いますけどね」

なるほど。ものは考えようだ。血赤の珊瑚の簪を手にとって眺め、「どこかの誰かさんの目の色みたいだわね……」と、嫌な連想に眉をしかめていた雛花は、そこではたと嬉しくない事実に気づいて、思わず取り落としそうになった。

「えーっと……紅兄さま、茶宴を開くのは立て前だとご存じのうえで、いろいろお膳立てしてくれるってことは、ひょっとしなくても逆に『何を企もうが絶対に逃がさないから』って意思表示なんじゃ……うん……ねえ珞紫、やっぱり今から別の衣装に変えることとって」

「駄目でーす。はいはい花鈿の朱を額に入れますよ。紋様は何にします？　せっかくだから『肉』って書きましょうか娘々」

「何がどうせっかくなのか謎なうえに娘々と呼びながらいきなり威厳を貶めにかかるのはおやめ!?」

美々しいそれらで身を包み、翡翠の帯鉤や金銀の歩揺の装身具を着け、結い上げた黒髪にいつもの七宝胡蝶の簪を挿す。

高級な品々の中では目立って安物だが、他とは比べるべくもないほど大切な品だ。とろりと柔らかく光を照り返すそれを見て、ふと耳の奥に声が甦った。

――〝俺に任せて、小花〟

(……紅兄さまゆかりの品だけど。それ以前に、母の形見でもあるんだから)

言い訳のように思い直すと、仕上げに淡雪のような紗の披帛を肩にかけた。

雛花の世話を何くれと焼きながら、「こういう格好って自分がするのはマジ勘弁ですけど、見てくれのいい人に好き放題着せつけるのは楽しいんですよねぇ、はあ愉快愉快」と、もうちょっと包めと突っ込みたくなる台詞とともに支度をしてくれていた珞紫だが、あるじの白磁の肌に胡粉のおしろいをはたいてほんのりと紅を入れ、珊瑚の唇に蜜を塗ったところで、はたと顔を上げた。

「あっ。娘々、ちなみにですね? 皆さま朝は早いんですけど夜も早くてですね? 花見の宴って、宵の口に行うことが多いそうなんですが、あえて今回は真っ昼間にしてます。ついでに、節々が痛くて床から頭が上がらないかたはご遠慮なさるということで」

「だから娘々はやめなさいと……あら、重い病のかたがいるの？　むしろそれは、わたくしからお見舞いに行ったほうがいいのではない？」

今回の目的のひとつは人心掌握（じんしんしょうあく）だ。それ以前に、たとえ見知らぬ者でも同じ後宮に暮らす仲として、純粋に心配だったのもある。

「いえいえ、そういうんじゃなくて……エートですね……まあ、行けば分かりますよ」

奥歯にものが挟まったような珞紫の話しぶりに、たしかに、嫌な予感はしたが——


さて。

皇帝の私的空間となる後宮は、中央に据えられた皇帝の起居する晴乾宮（せいけんきゅう）と、正妃となる皇后（こうごう）の暮らす泰坤宮（たいこんきゅう）——なお、暫定的（ざんていてき）に雛花が使っている皇貴妃（こうきひ）の部屋はこの棟にある——という二つの大楼（だいろう）を除き、全体が小宮の集合で築かれている。

雛花は泰坤宮から出られないので、今回の茶宴には、遠方の山を望む露台のある広間を選んだ。風雅な皇帝の時代には、四季折々の景色を眺めながら、書に明るい妃嬪を集めて、詠仙（えいせん）たちの古詩を吟（ぎん）じる宴を開いていたという、壮麗（そうれい）な室だ。

眼前に迫る池の畔（ほとり）には、水上に枝を掲げる満開の桃の花。中天に差した太陽の光に照らされ、薄紅色の花々は匂い立つように咲き誇っている。背景は申し分ない。

——問題は、そこに集った者たちだ。

後宮のあるじとして、上座に座したおかげで、花毛氈の敷かれた広い露台に居並ぶ妃嬪たちの姿はよく見える。

（ええと……珞紫のいい加減な事前情報によると、四妃は今のところ不在で、九嬪は昭儀、昭容、昭媛、充容のみ。あとは珞紫も一応、二十七世婦で、才人なんだってことだったわね。八十一御妻の宝林や采女も適宜……って話だった……けど……うん、……これは）

目の前に並ぶ妃嬪たちの装いはみな麗しく、桃の花見に相応しい薄紅の襦裙、花霞のごとき披帛、髪に挿した桃の生花や花簪など、季節の趣向にも溢れている。

身に着けている本人も美しい。

というか、美しかったはずだ。

たぶん。――五十年ほど前には。

「お目にかかれて恐悦至極にございますじゃ、娘々」

「ほっほ、この後宮に、よもや十代の御方が来られるとは。平均年齢も一気に下がりますのう、ヒョヒョ……ゲッホ、ぐふぅっ」

「どうなさった、崔昭儀」

「いや、ひさかたぶりに笑うと入れ歯が取れ……ヒョケケ」

「分かりますぞ。わしも最近腰がつろうて肩が痛くて……いや、歳は取りたくないものですのう。ぜひに娘々は、今のうちに若さを謳歌くださいませよ……」

綺羅を纏うのは皺だらけの枯れ木の手、瑪瑙や真珠の首飾りが彩るのは華奢と言うには肉が落ちすぎた鎖骨。金銀歩揺がしゃんしゃん音を立てるのは、白いものが交じるどころか見事に真っ白の髪。

（ど、どうしよう）

何が起こっているのか頭が受け容れるのを拒絶している。雛花はひくひくと片頰が引きつるのを堪えるので必死になった。

「……珞紫？　どういうことなの、これは」

「だから言ったじゃないですかあ。見たら分かる、って」

ついでに、なぜ志紅が、雛花にあっさり茶宴の開催を許可したのかも自動的に判明した。雛花の心をへし折る一環だったのだ。

とっておきの美人を集めたという、最強無敵の後宮は、――平均年齢七十余歳の老婆で見事に埋め尽くされていたのである。

なお、七十余歳は、雛花と珞紫を平均に入れた場合の話だとは、後で知ったことである。

5 型やぶりの後宮

——皇貴妃になって最初のお仕事は、他の妃嬪の介護でした。


「わっらえない……!!」

花見の茶宴から戻った雛花は、ぐったりと長椅子に懐き、頭を抱えていた。

あの後は大変だった。

まず、後宮の中で最年長だった崔昭儀が笑った瞬間にギックリ腰を発症し、その拍子にぐらついていた入れ歯が飛んでいった。

とっさに拾いに行こうとしたのは雛花で、「そんなものを娘々に取りに行かせるわけには」と立ち上がろうとした他の妃嬪たちが、均衡を崩して総倒れになり、運悪く一番下になった雛花は、怒濤のご老体雪崩で生き埋めになった。

そこから医官を呼び、腰をやった崔昭儀を診せ、体調を崩したり雪崩で骨をやった妃嬪がいないか調べ、宴席の端で船を漕ぎ始めた妃嬪には風邪をひかないように掛けるものを運ばせ、肩コリの激化を訴える九嬪や、空気を読まずに延々と若い頃の話を始める二十七世婦に相槌を打ち、――なんというか、ひと言で言うと、つまりとても大変だった。

「いやーだからやめとけって言ったのに。まさに地獄絵図……じゃなくて壮観でしたね。でも、娘々ってばちゃんと頂点に立つ皇貴妃として下位の妃嬪の面倒を見られていて、私ちょっと感動したんですよ。後宮に入ったからには、すべての妃嬪は姉妹で、一番目の姉があなたですもんね。ダントツ一番年下どころか孫とか曾孫の年齢なのに変な話ですけど」

「珞紫、おまえはいいわよね！　隣で他人事みたいに笑い転げていただけだものね!?」

「だけじゃないですよ、ちゃんと介護手伝ったじゃないですか」

「そうだけど！　いえ、純粋な疑問なんだけど普段どうしてたのアレは。妃嬪の世話を焼くべき女官の八十一御妻までご高齢だとしたら、もはや人数じゃなくて年齢が八十一……というかこれはもう、巷で騒がれている老老介護じゃなくて」

　うまいこと言っている場合ではない。まさかの後宮で直面する社会問題だ。

「世界観に合わない単語出さんでくださいよ。まあ、一応そのへんは前陛下もご配慮済みで、基本は官位が低くなるごとに比較的低年齢にしていくよう、工夫は凝らしてたみたいなんで、回ってはいるそうですが」

「あら、そこは理にかなっているのね……でも、もっと根本的なところで理屈をすっ飛ばしているけどね……」

「びっくりですよね！　けどまあ、急な御即位でしたからね。先帝の後宮、そのまま引き継いじゃったんですよね。そしてしばらくこのままなんでしょうね」

「そのようね……って、煉兄(れんにい)さま、あの人ろくでもないこと実行する時は心底ろくでもないですわね……」

(せめて生きてたときに見せてほしかったですわよ。……本当に)

悪戯(いたずら)を披露するたびに、「雛花、面白いことを思いついたぜ！」と快活に笑っていた生前の異母兄(あに)の精悍(せいかん)な顔がまなうらに浮かび、雛花は悲しいのか苛立(いらだ)たしいのかおかしいのか、複雑な心地になった。

「そーでもないんですけどね」

げっそりと額に手を当てる雛花に、珞紫は微笑(ほほえ)んで頭(かぶり)を振った。その反応を、雛花は訝(いぶか)しむ。

「どういうこと？」

「今回みたいに無茶な政権交代でもなければ、後宮に入った妃嬪は、皇子(おうじ)や皇女(こうじょ)を生まない限り、先帝の崩御(ほうぎょ)後には後宮を出て道観(てら)に入ることを義務付けられます。昔は殉死(じゅんし)させられる場合もあったとか」

「それは、わたくしも知っているけれど……」

　雛花は小離宮暮らしで、おまけに母を先帝の存命中に見送ったため、しきたりについての実感は薄い。だがたしかに、子に恵まれなかった妃嬪たちは、先帝崩御と同時に後宮からいなくなった。

「黒煉前陛下は、『ご自分が早めにぽっくり死んでも後顧の憂いがないように、道観入りを提示しても快諾してくれた、人生に満足したご婦人に志願で入ってもらうことにした』そうなんです。だから今の後宮にいるのは、下級貴族の未亡人やら、老いて後のなくなった元宮妓やらばかりですよ」

　姥捨て山ならぬ姥捨て後宮ですねえ、とのほほんと呟く珞紫に、「そうだったの」と雛花は気抜けした声を出した。

（考えてもみなかったわ。煉兄さまのことだから、面白半分にやっただけかと思っていたら、そんな理由が……）

「――って、陛下が教えてくださいましたよ。前陛下は、ああ見えていろんなところに目が行き届いておいでなんだってね」

　在りし日の黒煉の顔をぼうっと思い浮かべていた雛花は、最後に付け足された言葉に瞠目した。

「そう。あの人がね」

　返事は予想以上に冷淡な声になる。

（その『目の行き届く』前陛下を弑したのは他でもないあなたでしょう。紅兄さま）

　押し殺していた怒りが再び込み上げるが、努めて冷静に雛花は返す。

「でも、そもそも後宮の意義的に、皆さまご年配で大丈夫なのかしら……それなのに、わざわざ妃嬪を集めた理由は謎なままだけれどね」

「そーいやそうですね。やっぱ行き当たりばったりなんですかねえ」

しかし、と話題の転換がてら珞紫はじっと雛花を見る。

「たぶん、このたびの茶宴を開いた娘々のお考えとしては、『後宮を脱出するために、まずは後宮内の人心掌握だ！』なんてとこだったんじゃないかと拝察いたしますが」

「……黙秘権を行使するわ」

ちっ、鋭い。視線を明後日のほうにやる雛花に、「この調子じゃ目的果たせないですね」と珞紫は肩を竦めた。

「脱出の手伝いなんて力仕事をさせようものなら、骨折、はたまた昇天騒動になりそうですもんね。枯れ木も山のにぎわいと申しますが、マジ枯れしてる花木は、この際たぶんなんの力にもならないでしょう。もう、いい加減諦めたらどうですか？」

「おまえ大概失礼ね!?　それにしても、ふふ。枯れ木ですって？　あら珞紫ったら、ちっとも分かってないのね」

その言葉に、雛花は片眉を上げて鼻で笑う。

「あのご年齢のご婦人は、わたくしたちでは太刀打ちできないような智慧と経験という万能の種子を頭に秘めておいでなのよ！　まさに生ける緯書、しゃべる経書だわ。皺の数だけ歳の功、おまけにあのご高齢まで健康に過ごされ、さらに後宮で第二の華の人生が始まったばかりとか……やだなんなの羨ましいわ……わたくしも早く老婦人になりたい……」

「あの、この際突っ込むのもヤボですけど途中から虚勢が本気になってますよ」

呆れ顔で眉間を押さえ、「回廊に入れ歯で撒きびしとか、総員骨折騒動で陽動作戦とかは勘弁してくださいね」とさらにドのつく失礼を重ねる珞紫に、雛花はむきになった。

「い、いいわよ、そう思いたければそう思っていれば！」

（……いえまあ、たしかにあの皆さまに後宮脱出の手引きをお願いするなんて……ちょっと無理かなってわたくしも思うけど！）

目いっぱい張られたカラ威張りには、当然気づかれたらしい。

「思いたいっていうか、単なる事実ですしね」

にやりと笑った珞紫に、雛花は「馬鹿にしたわね！」と咬みついたが——お蔭で、彼女の警戒を解く一助になった。

そして果たして、この茶宴の後、思いがけない訪問者が雛花のもとに現れることとなる。

「娘々におかれてはご機嫌うるわしゅう。先日は、……ハテ。ええ、なんじゃったか。そうそう、お目にかかれて、……ハテ、なんじゃったか」

数日後、雛花のもとに挨拶に訪れたその妃嬪は、身分を九嬪が昭容、姓を呉、名を灰英、というらしい。

名のとおりの灰色の髪は生来ではなく、おそらく歳を経てから得たものであろう。そして薄紫の双眸が特徴的なその顔に、雛花は見覚えがあった。

「よくぞおいでくださいました、呉昭容。こちらこそ、先日は楽しゅうございましたわ。この後宮で姉妹となりましたのも何かのご縁。どうぞ、仲良くしてくださいませね」

にこりと微笑むと、呉昭容はニカリと笑い返してきた。見たところ歯は揃っているが、入れ歯の可能性は否めない。

(でも、あの八十以降が基本の九嬪で、このかただけちょっと若いから目をつけていたのよ。目測六十代半ばって感じで。何より、気のせいじゃなければ、あの茶宴で彼女は……。これは、きたんじゃない？　期待できるんじゃない!?)

先ほどの挨拶がすでに不穏な空気を漂わせていたことを頭の隅に追いやり、雛花はこっそり握り拳を作った。

(それにしても)

雛花はちらりと彼女の装いを確認した。油を塗って丁寧にくしけずられた髪は、控えめを尊ぶ当世の貴婦人には珍しく、高さもあり派手な双刀髻に結い上げ、色の深い翡翠の櫛と燻し銀の歩揺を挿している。唇には濃い目の蜜紅をさし、胡粉のおしろいは下品にならない程度にしっかりとはたかれている。

(若い頃は相当な美人だったんじゃないかしら、呉昭容って)

——とはいえ、かつては柳のごとし……だったかもしれない腰は現在は全体的にどっしりと安定感のある感じになり、瓜実の細面……だっただろうかんばせも二重顎かつ皺に埋もれたなんとやらだ。しかし、この化粧のしかたや髪の作り方に、雛花は見覚えがあった。

(化粧はもっと薄めだったけど、お母さまがこんな感じに眼尻に紅を入れて、きっちり結った髪だったわ。舞の最中に崩れないように、中に針金を入れてもいた。この人も、宮妓やそれに近い職だったのかしら)

じっと呉昭容を見つめていた雛花だが、「そういえば、ご用件をうかがっておりませんでしたね」と笑顔を作った。

しかしこの問いに、呉昭容は目をショボショボと動かし、これ見よがしに耳に手を当ててみせた。

「ハアー？　なんじゃって」

「ですから、ご用件」

「ハアー、ご用足しは、朝にすませてますよう。ありがたい」

「そっちの用じゃない!!」

——やばい。

ざあっと顔から血の気が失せた。

これは、もしかしなくても、たいへんなご老人が来てしまった。

雛花は、隣ですでに息も絶え絶えに肩を震わせている珞紫を涙目で睨みつけたが、さっと目を逸らされてしまう。

「ええっと、ですから！　どうしてこちらに来られたのかって！」

「ハアー、朝餉のお粥は、おいしゅうございましたよぅ。ありがたい、ありがたい」

身体を大きく傾がせ、呉昭容はますます耳をこちらに近づけた。

改めて、本格的に大変なことになった。引いた血の気はたぶんこのまま長期休暇だろう。

「この呉めは、春燕の元爆炭でございますよぅ」

おまけに彼女は、尋ねてもいないのに、勝手に謎の自己紹介を始めた。お年寄り十八番、若い頃の身の上話だろうか。ついでに、病気と健康の話もその一種だ。

（まさかこれ、一回聞いたら、何事もなかったように最初に戻るアレなんじゃ……）

ほのかに懸念しつつ、とりあえず雛花は「爆炭って？」と素朴な疑問を珞紫にぶつけてみた。呉昭容に尋ねると後が怖そうだ。

「妓楼のおんなあるじのことですよ。妓女をしつけるときに、炭が爆ぜるように激しく叱りつけるからついた俗称だとか。娼妓を客にあてがう役割、とでも思ってくだされば」

しれっと返された説明は予想外で、雛花はぱちくりと目をしばたたいた。

「娼妓を客に……って」

「ハア、うちの『嫦娥亭』は、春燕でも屈指の女郎宿ですよう」

「えええっ!?」

呉昭容――奇跡的に話が通じた――のあけすけな補足に、雛花は真っ赤になった。結果的に、予想は当たっていたわけだが、それにしても。

「娘々は、初心なことでございますねえ。どれ、それじゃひとつ、うちの妓たちの手練手管を退屈しのぎにお話ししましょうかね。男をたらし込める化粧もお教えしますよぅ。この呉灰英、すっかり老いさらばえたが、腕前は落ちちゃいませんからねえ。狭い後宮じゃ、お話し相手もお困りでしょう。老婆の老婆心、文字どおりでございます」

「てっ、手練手管ぁ……!?」

かつての職の話になった途端に別人のように舌が滑らかになり、キヒヒと笑う呉昭容に、雛花は「け、結構です!」と遠慮しかけたが。

（あれ？）

こちらを見据える呉昭容の薄紫の瞳の奥に、何か訴えるものがある気がして、しばし見入った。

（やっぱり、そうよね。宴の時もこんな風に合図を送ってきたのは気のせいじゃなかったんだ。それに、珞紫がわたくしと打ち解けた関係の侍女だって分かったうえで、あえて『話し相手がいない』と言ってきたのなら……この人）

考え込む雛花に、「わあ、いいじゃないですかぁ！」と手を叩いたのは珞紫だ。

「ホント、我らが娘々ってば、皇貴妃になりだってのに全然そのあたりに疎くて嫌になっちゃいますからね！　この際、じっくり陛下を籠絡するあれやこれを聞いてらしては？」

「珞紫おまえね⁉　ひ、他人事だと思って！」

「思ってませんよ全然、まじで、これっぽっちも。……ぷくく、ああ面白い」

「おまえ本音隠す気ないでしょう⁉」

叫ぶ雛花に、「じゃあ、文句は後ほど」と珞紫はさっさと立ち上がってしまった。

「何周か話が回った頃に適当に様子見に来ますんで。さて、これに懲りたらもう、余計な企みなんてしちゃダメですよ、娘々？」

「話が回るの前提⁉」

「ハアー、朝餉のお粥は、おいしゅうございまして」

「いやーっ！　ほんとに回ってるし‼　って、爆炭こぼれ話するんじゃなかったの⁉」

よぼよぼと話し続ける呉昭容、わたわたと仕方なく聞き態勢に入る雛花を見やってひとしきり笑い、珞紫はさくっとあるじを見捨てて出て行ってしまう。

ぱたん、と扉の締まる音を聞き届けてから、雛花は目の前の老婦人に視線を戻す。

「……さて、呉昭容。わたくしの話し相手になってくださるんですのよね。どうぞ、後宮の姉妹としての立場も公主の身分も忘れて、楽なようにお話しくださいな」

「楽なように？　ハア……」

そらっとぼけてコキコキと首をひねる呉昭容に、雛花は目を合わせる。

「珞紫は出て行きました。……そのお芝居はもう必要なくてよ。あんまりお上手だから、わたくしも危うく騙されかけましたけれど」

果たして、雛花の視線を受け止めると、呉昭容——灰英はふっと笑いをこぼした。さっきまでのしゃべるのもおぼつかない様子など嘘のように、薄紫の目にみるみる知性の色が宿る。

「そうかい。それではお言葉に甘えさせてもらおうかね。艶街育ちだもんで堅苦しいのはアタシゃ苦手でね、正直ここに来てから困ってたのサ」

雛花の許可を得たことで、口調も一気に崩れる。婀娜っぽい視線と蓮っ葉な言葉遣い。彼女本来の個性なのだろう。

「では呉昭容、……じゃなくて灰英さま。このあいだも目で合図を送ってくださったでしょう、理由をお話しいただいても？」

雛花は単刀直入に切り出した。

「おや。気づいてたのかい」

話の内容は案の定だった。

「菫才人は、現陛下と繋がってるんだろ。目の前にいる時に訊きづらくてねえ。前陛下の突然のご退位について、どうもご事情に通じてそうな、あなたさまにお話をうかがえたらと思ってましたのサ」

「！」

「前日までピンピンしてた前陛下が急な病を得て姿を消し、その異母妹である公主さまが後宮に入ってきたんだ。そんな不自然な状況に首を傾げる者が、アタシを含めてたくさんいるんだよ」

「えっ、たくさん……？　あの後宮に？　失礼だけど、先日の茶宴では、とてもそうとは」

のんきに入れ歯を飛ばしたり雪崩を起こしていた彼女たちの様子からは想像がつかない。

「ははあ、さては、ただのババアだらけの枯れ野原だと思ってたね？」

図星だが「そのとおりです」とも言えず黙り込む雛花に、「いいんだよ、前陛下の狙いはまさにそう思わせることだったからね」と灰英は豪快に笑った。

「アタシたちはね、前陛下の隠し尖兵で、最後の砦なのサ」

「……え!?」

一見、ただの老女尽くしの要介護後宮に見えるが、実際は、武術や薬学医学、話術や各種工芸など、さまざまな技能に熟達する女性たちの集まりなのだという。

「前陛下は念には念を入れて、どんな腹心の部下にさえ、この事実は伏せてたって話サ。だから普段は役立たずのババアのふりをして過ごしてるんだよ。あの茶宴は、全員総出で演技をしたからなかなか圧巻だったろ。……ま、普通にあれが素のやつもいるんだけど」

「いるの⁉　で、でも、そうだったの……煉兄さま、そんな裏があったなんて」

なるほど。では、文字通り黒煉いわくの『史上最強の後宮』でもあったわけだ。

（わたくしの虚勢も虚勢じゃなかったのね。いえ、でもやっぱり根本的に間違ってる気が）

「最後にお会いした時、前陛下は妙なことをおおせだった。『もしオレに何かあったら、自分の直感を信じて動き、違和の正体を探ってみてほしい』と。ありゃ、このことかってピンときてね。だからアタシがここに来たのサ」

どうなっちまったんだい黒煉前陛下は、という灰英の言葉に、雛花は返答に困った。

（煉兄さまは、謀反の気配を察して、後宮の妃嬪たちに万一のことを頼んでおいたってこと……なの？　けど、だからって……下手に事情を話せば、わたくしだけじゃなく、この人まで危険になるわ。それに、……）

雛花は唇を噛んで俯く。

最も大切だった『紅兄さま』、そして腹心の侍女だった珞紫の裏切りに遭った雛花の心は、もう、すっかり限界まで磨耗しきってしまっていた。協力者を探そうと息巻いていたはずなのに、いざ信頼して懐に入れるとなると、急に怖くてたまらなくなる。

（わたくしの臆病者。どうするのよ、そんなで……）

葛藤する雛花に、灰英は、「そうさなあ、警戒しなさるのも無理ないけどね」と苦笑した。図星を指された雛花はぎくりとする。

しかし、灰英は、そこで予想外の名を出した。

「いやね。あんたのお話は、黒煉前陛下からよくお聞きしておりましたのサ」

「え？　煉兄さま……？」

「努力家で、特に大切な妹だとおっしゃっていた。お会いできて光栄だよ」

（そうなの。煉兄さまが……）

じんわりと目がしらを熱くする雛花に、灰英は続ける。

「前陛下にはずいぶんとよくしていただいた。あのかたの身に、何かとんでもないことがあったのなら……お願いだ、公主さま。この年寄りを信じちゃくれまいかね。皇恩に報いるためにも、アタシャ、本当のことが知りたいんだよ」

雛花は、改めて灰英の顔を真正面から見る。

淡い紫の瞳も、切々と訴える声も、その真摯さは疑いようもなく。雛花には、彼女が黒煉の身を心から案じているように感じられた。

（わたくしは一人でも味方が欲しい。この人を、信頼してみよう）

「実は……」

そして、雛花ははじめて、己が遭遇した簒奪の顚末をひとに語った。

黒煉が刺されたくだりでは、脳裏にあの光景が甦って声が詰まったが、最後までなんとか話し終える。灰英は、ものも言わずに聞いていた。

「そうかい。前陛下が、……おいたわしいことだ」

雛花の話を目を閉じて反芻していた灰英だが、やがて噛みしめるように口を開いた。

「いろいろ得心がいったよ。娘々――いや、公主さまにおかれては、ご心痛をお察しする。まったく、ひどい話サ！　そんなけったいな境遇で、さぞ心細かっただろうに、よくたったお独りで耐えられたたね。アタシゃ尊敬するよ」

その言葉を聞いた途端、雛花は、なんだかつんと鼻が痛くなって俯いた。いろいろなことが昇華されて、目の奥が熱くなり、雫となってこぼれかけたのを袖で押さえて誤魔化す。

「……ありがとう」

お礼と一緒にほっと息をついて、はじめて実感する。

（緊張してたんだわ、わたくし）

突然何もかも奪われて後宮に閉じ込められ、情報を遮断され。誰も味方はおらず、何が正解かも分からない。その状況を、おかしいと言ってくれる人さえいなかった。

でも――やっと、まともに話せる人に出会えた。それがこんなに心強いなんて。

（この人に会えて、よかった）

しかしここで、灰英は雛花に問いかけてきた。

「それで、雛花さまはどうしたいんだい？」

「わたくし？」

「いえね、アタシャ嬉しかったんだよ。ババア尽くしの後宮に入ってさぞかしど肝を抜かれただろうに、あんた、茶宴じゃ嫌がりもせず世話を焼いてくれただろ。身分はてっぺんだし、お若いってのに、有難い心映えじゃないかい。こうして包み隠さず知りたかったことをお話しもいただいたんだ。復讐でも脱出でも、やりたいことがあるなら手を貸すよ」

それでこそ残り少ない寿命も使いでがあるってもんさね、と。からから笑う灰英に、雛花はなんだか胸の奥でしこっていたものがほぐれていく気がした。

（わたくしが今、どうしたいか）

改めて冷静な気持ちで、自分の心に向き合ってみる。

——どうしたいか。それは、とても大切な問いに思えた。

（そうだわ……道しるべを取り上げられて、今の自分が空っぽなら。満たしていけばいいんだわ）

憧れの人のために夢を叶える。かつて天后を目指していた時は、そんな甘ったるい字面に酔っていたのだろう。思い返すほどに恥ずかしい。

（でも、紅兄さまから、この世のどこにも逃げ場はないと言われて、絶望して。それでも、……考えてみれば変ね。わたくし、まだ何も諦めていないんだわ。それはなぜ？）

曖昧なままだった理由に、文字をつけて彩る。ここは桃華源。言葉にすれば、すなわち力を持って輝き始める地だから。

目を閉じると、思考が研ぎ澄まされるような気がした。

（ここを出て、天后になる。……そうね、最後はそうしたい。でも、まずは）

「知りたいわ。紅兄さまがなぜ、こんな大それたことをしたのか」

まずはそれだ。わけも分からないまま巻き込まれ、理由も知らされず大切な異母兄を奪われた。

（紅兄さまはどうして簒奪の瞬間をわたくしに見せたのか。どうして天后になるのを執拗なまでに諦めさせようとするのか……明らかにおかしなことがたくさんある。何も知らないままじゃ、逃げるに逃げられない）

そもそも、――どうして志紅は雛花を皇貴妃に据えたのだろうか。

彼は後宮に雛花を放り込んだまま、何を求めるわけでもなかった。彼の、雛花への扱いは、小鳥を美しい籠に入れて眺めているような。そんな、無邪気な奇妙さがある。

（すべての理由を組み合わせると、――紅兄さまには何か、わたくしにはまだ考えもつかないような、とんでもなく重要な秘密がある気がして）

当然、近日中にここを去るとしても、その前にちゃんと、何もかもを白日の下に明らかにしたい。

「わたくしはすべてを知りたいの。そのために、ご協力いただける？」

「ああ。アタシにできることならなんでも言っとくれよ」

こうして雛花は、後宮で仲間を手に入れた。

ただし、耳順を軽く超えて従心に至りそうなご年齢の、だが。

毎日ではさすがに珞紫に怪しまれるので、以後、数日を空けつつ、灰英は雛花のもとに通ってくれた。

（といっても……『同じ話の繰り返しでもいいから裏切りを気にしないで気楽に話したい』っていう表向きの理由を、珞紫が素直に信じているかは分からないけどね）

今のところ立ち聞きしている様子はないし、警戒が強まる気配もない。とりあえず安心しておく。

「はァん、なるほどねェ。【止】のまじないかい。アタシにゃよく分からんが、それがあると泰坤宮から出られないってんだねえ」

今日も皇貴妃の部屋で、雛花は、己の置かれた現状について灰英に説明していた。向かいの長椅子に腰かけ、温かい茶を啜りながら「へええ、そんなことができるのかい、伏羲真君（しんくん）の力ってのは」と感心する彼女に、ため息まじりに頷（うなず）く。

「何をするにもこの宮に限定されるんじゃ、なかなかできることも少なくて。謀反（むほん）からこちらの世情の話は、後宮に流れないよう、紅兄（こうにい）さ、……志紅（しこう）が止めてしまってるみたいだし……」

「アタシゃ爆炭（ばくたん）上がりだから令牌術（れいはいじゅつ）だのの方面には詳しかないんだけどサ、その【止】の字のまじないっていうのは、どこまで何を【止】めるものなんだい」

「どうも、単身では一切泰坤宮を出られないようなの。紅兄さま本人か、彼の息のかかった部下……まあ具体的にいうと珞紫ね、彼女を連れていないと、散歩にも行けませんわ」

女媧（じょか）の力が使えないので、「じゃあ何ができるか確認だわ！」といろいろと試してみた結果、得た結論がそれだ。

「けど、それって本当に逃がさないためだけなのかねぇ？　だって、見張りを増やしたらいいだけの話じゃないか。あんた弱そうだし体力もなさそうだから、たとえ後宮から出られたとしても、この馬鹿でかい禁城（きんじょう）を独りで突っ切って逃げ切れるようには見えないよ」

「なんだかさりげなく貶（おとし）められた!?　ひ弱で体力ないのは真実ですけれど！」

「ま、それはそうとだ。その【止】の呪いとやら、なんだか裏がありそうだねってことサ」

志紅が雛花を閉じ込めた理由は、もちろん逃がさないためだろう。

だが同時に、雛花が『泰坤宮の外で余計なものを見つけないように』という意図もあるとすれば？　と灰英の言いたいことを察し、雛花はこくんと唾を呑んだ。

「とすると……どうにかして、陛下の身辺を探る必要がありそうだねえ」

「ええ。そして、……まだ即位して間もない志紅に、隠している『もの』があるのなら、おそらく彼の住んでいる晴乾宮の、臥室近くにあるのではないかしら」

(何より、皇帝の居室で〝隠し場所〟っていうと、心当たりがあるのよね。実際に入ったことはないけど、煉兄さまが前に話してくださった、おあつらえ向きのところが……)

口許に手を当てて考え込む雛花に、灰英がもうひと押しする。

「うん。身辺を探る、ねえ。ただやみくもに捜したって無駄骨かもしれない。何か、手がかりなり目的が欲しいところだ。じゃ、試しによぉく思い出してごらんナ。陛下の様子に、何か変わったことはないのかえ？　謀反の前と後とでサ」

「そんなの、変わったことだらけで――」

すぐに言い返しかけて雛花は、ふと考え込む。

(そうね。……変わってしまったんだって、感情的になっていたけど。こちらを消耗させるような振る舞いは全部、わたくしをこれ以上紅兄さまの秘密に踏み込ませないためでもあるとしたら……)

もっと、外見や所持品、普段なら気にも留めないことで変化はなかったか。

「そうだわ。『緋霄』よ」

「なんだい、そりゃ?」

「志紅が煉兄さまに下賜された宝剣ですわ。今まで肌身離さず持っていたのに、即位してから一度も見てない。……煉兄さまの命を奪ったのも、その剣だったのだけどね」

「そりゃ、気後れからじゃないかね。簒奪するってことは、本人にとっちゃ誅殺なんじゃないのかい? 自分が討った元主君の剣で、おまけに凶器に使ったモンなんざ」

「果たしてそれだけかしら……それにまず、志紅は『誅殺』だなんて思っているかしら」

　珞紫の話では、志紅は変わらず黒煉を尊敬している風だった。そもそも志紅自身が「自分こそが皇帝になるべきだった」と認識していないとすれば。

(紅兄さま……皇帝になるのはあくまで手段で、何か別に目的があって帝位簒奪を目論んだのなら。自戒のために、剣は変わらず持っている気がするわ)

　純粋な考察というより、——これはなかば、雛花の希望でもあった。

　志紅には、黒煉を殺したことを、正しいと思ってほしくない。

(あの二人は本当に兄弟みたいに仲がよかったんだもの……。ずっと過ごしてきた時間までもが、嘘だったなんて思いたくない)

　幻想かもしれない。そもそも志紅は、暗殺する相手とその直前まで常どおり談笑できる神経の持ち主なのだ。その時点で、捨てるべき希望なのだけれど。

　そこまで考えて、雛花は、自分の甘ったれた思考回路を自嘲した。

(馬鹿ね。この期に及んで、まだ『紅兄さま』を捜そうとしてるの？　わたくしは)

迷いを振り払うためにも、ひとまず雛花は論点を変えた。

「でも、『緋霄』を捜すにしても、珞紫……董才人を抱き込まないとどのみち後宮から出るのは無理よ」

「ふんふん。董才人はまーったく難攻不落の城砦なのかえ」

「！　いいえ、そんなことはありませんわ」

珞紫は、雛花にとって一番身近な存在で、ついでに日々の嫉妬の対象だった。そう、羨ましい相手ほどよく知っている。好き嫌いも、どう働きかければどう動くかも、目先の予測くらいならつく。先日も、それでわずかながら情報を引き出したところだ。

「味方につけるのは無理でも、うまく誘導して泰坤宮から出るくらいはできる……かも」

「それは使いでがあるねえ」

話はとんとんと進んでいく。雛花は舌を巻いた。

(頭がいい人だわ)

槐の妓楼では、何よりも芸が尊ばれる、という。

巧みな話術、酒席での振る舞い、歌舞や詩吟のうまさなどだ。灰英は打てば響く受け答えで、さすが春燕一の妓楼の爆炭を自称するだけあった。そう言ってみると、彼女はふふんと得意げに大きな身体を揺らして胸を反らした。

「アタシャ若い頃は、艶街じゃあ花案で一番をとる人気の妓女だったんだ。ああ、花案ってな、艶街での妓女の番付のこったね」

「一番ですって⁉　羨ましいわね！　胸も大きいし」

「胸はどっから出てきたんだい。そもそも艶街の番付で一番とったって普通の公主さまなら見下しそうなもんだけど、あんた変わってるお人さね。まあそうだねェ、胸のほうは今は見る影もなく垂れて蝶結びができそうな塩梅になってるけどねえ。これは詰め物サ」

「でも、昔はやっぱり大きかったんでしょ。萎びて垂れてるってことはかつて中身が詰まってた証拠だもの。それって若い頃に巨乳だったからでしょ。ずるいわ」

「誰が萎びてるって。褒めてんのか貶してんのか分からない子だね」

かなり話が逸れたが、やることは決まった。

「虎穴に入らずんば虎児を得ずって言うだろう」

「けど、どうやって捜すかが問題なのよね……」

雛花は眉間に皺を寄せた。

（あの人のそばにわざわざ自分から行くなんて……考えただけでも足が竦むわ）

志紅とは結構な頻度で顔を合わせているが、およそ隙というものは見当たらない。下手をすれば、今度は泰坤宮どころか皇貴妃の部屋に監禁状態だってありうる。

（あの、前ふりなしになんでもやりそうな笑顔が本当、心臓に悪いのよ。昔は甘いドキド

キだったはずなのに様変わりしちゃってほんとにもう。なんなの）
はーっとまた沈みかける気分は、「そんなの決まってるだろ」という灰英の次のひと言で固まった。

「ズバリ、——夜這いして陛下の寝込みを襲うのサ！」

よばい。

「はあ!?」

その字面的な意味を、じっくり考えて理解した瞬間、雛花は、一気にぴーっと顔から湯気を噴いた。

「ちょっ、よばっ、……はあぁ!? どうしてそういう結論になるのよ。まさか、紅兄さ、志紅のところに、よば、よ……夜伽に行くなんて!!」

「この際どっちでもやるこた同じだろ。必要かねその訂正」

「そういう生々しい正論はおやめなさい！ でも、え、えええ……!?」

目を白黒させる雛花に、神妙な顔で灰英は宣言した。

「いいかい雛花さま。世の男の頭ン中ってな、七割がた下心でできてるんだよ」

「いきなり極論ですわね!?」

迷言に突っ込む雛花に、灰英は得意げに胸を反らした。

「女から言い寄られて、悪い気にならない男はいない。陛下を骨抜きにして、ついでに酒をしこたま呑ませて酔い潰しちまいな。その間に家捜しするんだ」

そう言いながら灰英は、懐から何やら小さな紙の包みを取り出した。

「え？　これは……？」

「艶街にゃいろんな薬が出回っててねぇ、そのひとつサ。なーに、毒じゃない。ちょーっと、よく眠れるだけのお薬だよ。こいつを陛下の酒に仕込む。つまり、あんたからの色仕掛けが、陛下を油断させて秘密の扉をこじ開ける突破口になるってんだよ」

いかにも怪しげな真っ黒い粉薬を、胡散臭そうにためつすがめつしていた雛花は、そのひと言に顔をしかめる。

「わたくしの……？　それは無茶な話と思いますけれど」

「ん？　なんでだい？」

灰英が怪訝そうに眉を上げるので、「いや、だからその」と口ごもりつつ、志紅との関係を吐く羽目になった。

「だって、何度も部屋に来てはいるけど、……ふ、触れられるくらいのことはあったかもしれないけど！　そこから何かあったことはないし。後宮に入ってるのに、それって……結局、女性として認識されてないってことでしょう」

――〝きみは俺の妃だ。無理やり奪ってしまうこともできる〟

あの台詞は結局冗談だったわけだし、以後、同じようなことを言われたことはない。

「ありゃま！　まだお手付きなしなのかい!?　現陛下も妙ちくりんなご性癖だねえ」

「性癖とか言うのやめて!?　とにかく、わたくしはあの人にとって恋の対象外、妹とか子供とか、通行人丙とか、そのへんの雑草とか、袖についたオナモミとか、飼い犬とか、さらにいえばその犬の落とし物みたいなものですのよ」

「どんどん格下げしてんのは指摘しといたほうがいいかい」

「いいえ通常仕様なので聞き流して。とにかく！　たぶん、志紅に関して言うなら、下心とかそういうのはないと思いますの！」

「甘いね」

むきになって否定すると、灰英にはやれやれと肩を竦められた。

「遊び放題も可能なはずの百華繚乱の後宮で、他は全員ババアの据え置きだってのに、あんただけは陛下がじきじきに入れた例外だ。特別に思ってないわけはないよ」

「もし……特別としても、そういう特別かしら」

なおもゴネる雛花の鼻先に、びしっと指を突きつけ、灰英は断言した。

「だからこそさっきの話だ。男の脳味噌は八割が下心、残りが見栄と小豆餡なんだよ！」

「小豆餡どっから出てきた問題以前に、下心が一割増えてませんこと!?」

「こまかいことを気にする娘だねえ。なんにせよ、その特別がどの特別でも、別方向ならやりやすいほうに持ってきゃいい話サ。現陛下の身辺を探りたいんだろ？　泣いても笑っても、アタシらには限られた手段しかないんだよ」

「ううっ、そ、そうですけど……！」

「つべこべお言いでないよ、ホラ女は度胸！」

そういって、バシンと背中を強く叩かれ、雛花は緊張に口をもごもごさせつつ頷いた。

（色仕掛け……って、なんかこう、綺麗なお姉さんが胸とか寛げてウフンアハンでアレするソレですわよね……いえ、そもそも夜伽ってナニをどうするのかもよく分からないんですけども……！）

「っていうか、胸で誘うには、わたくしのえぐれ肋骨洗濯板では圧倒的に質量が足りないのではなくて⁉」

「そりゃあ豊満ってほどじゃないが、えぐれ肋骨洗濯板ってほど平たくはないじゃないかい。見たところ一応凹凸らしきモンはあるよ」

「心読まれた⁉」

「口に出てたんだよ。やれやれ、そんなそわそわしてるんじゃ先が思いやられるねェ」

話がだいぶ逸れたが、雛花は灰英とその後も細々と打ち合わせを続けた。

「よし、それじゃあとは実践に向けて練ってこうかい。名づけて『ドキッ！　ババアだらけの後宮で皇貴妃の身分大活用作戦』、ポロリもあるよ」

「作戦名が士気盛り下がることこの上ないですわね!?」

「ちなみにポロリの内訳は入れ歯さね」

「そこは詰め物じゃないの!?」

6 依依恋恋の敵愾心

『なあ志紅。せっかくこうして伏義真君に選ばれたんだ。オレは、この槐帝国を変えたい。お前はオレに、ついてきてくれるか？』

記憶の底で、懐かしい幼馴染の声がする。

黒髪に似合う健康的な褐色の肌と、金色の瞳。快活に笑う主君の声を聞くたび、その手足となり、仕えていることが誇らしかった。

そして。

『紅兄さま。わたくし、好きな人がいるの』

もう一人の幼馴染の、大切な少女。

彼女は特別だ。

三つ歳下の、ひ弱で泣いてばかりいた女の子。かつてはただ、妹のような、庇護の対象だった。

けれど、こちらを見上げて無邪気にころころ笑う表情、努力を厭わず竹のようにしなやかに成長するその姿に。次第に感情が変化していったのはいつ頃からだったろう。

　早春の雪どけのように緩やかなそれが、決定的に変わったのは、父を亡くしたあの時――〝荊の乱〟以後。彼女の存在は、己にとって唯一無二のものになった。

　誰よりも尊敬し、腹を割って話せる親友がいること。誰よりも守りたい、かけがえのない大切な人がいること。二人で過ごした時間は、綺羅星にも似たたからもので。

――〝女媧娘々を召喚できました。次の天后は、わたくしです！〟

守りたいのに、傷つける。翠色の瞳が絶望に染まった瞬間を、幾度も思い出す。

（黒煉。……小花）

　懐かしい日々と、彼らから寄せられていた信頼は、二度と戻ってこない。

「――陛下」

　そう呼ばれて、それが自分のことだと認識するのに一拍を要した。

　ちょうど夕刻の御前会議が終わり、自室に戻ったところだった。

　もう『自室』になってしばらく経つはずなのに、くつろぐどころか、未だに他人の部屋のような感覚が抜けない。

（他人というよりは、『親友』の部屋、か）

それも『元』のつく親友だ。そのまま続けると深みにはまりそうな思案を打ち切り、志紅は振り向いた。

「……何か？」

「何かって。ご自分で呼びつけといて、その反応はないんじゃないですかね」

そこにあったのは、予想どおりの姿だ。たしかに呼んだ覚えはあった。呆れたように肩を竦める男装の麗人は、皇貴妃の侍女。そして、後宮における、志紅の共犯者。

「珞紫どの。先の朝礼で、皇貴妃に対し率先して万歳を叫んだのは貴女だろう。一応、礼を言っておきたい」

「はいはい。あれぐらい過剰演出しといたほうがいいかなと思いまして。って、私がやらんでも、抜け目ない陛下のことですから、どうせ仕込みをされてたとは思いますけど？　怠け癖で問題になっていた若手の料理人を戒めがてら都合よく牽制に使ったり、その気もないのに皇子皇女の処遇を持ち出して脅しをかけたり、本当にお得意ですもんね」

志紅を見る珞紫の琥珀のまなざしは淡白だ。しかし志紅の表情も劣らず無機質だったので、「礼を言うって顔じゃないし」と、自分を棚上げして珞紫は呆れてみせた。

「御前会議、長引いてましたねぇ。まあ、まったくのお血筋違い、おまけに逆臣の家系から急に新皇帝が即位して、おまけに天后就任と噂の立っていた公主が後宮入りしたってんだから、朝廷がざわつくのも無理はないですけど？」

「今回のご譲位は、かねてから計画されていたことだ。文武官ともに、さほど意識に想定違いはない。時期こそ多少前後したが」

正確には少し違うか、と志紅は心中で呟く。

計画はたしかに進んでいたが、志紅自身、実行するかに迷いがあった。だが、あの猙に襲われた日。二度目の召喚に女媧が応じないのを見て、機は今しかないと判断した。

（小花は、まだ女媧の力に覚醒していない。……今のうちに皇帝の妻にすることで形式上の天后就任を引き留め、力を使う暇も与えず気勢を挫いて諦めさせれば、間に合うはず）

珞紫は志紅の内心に気付いていないのか、なおも言い募る。

「まあ、あなたの簒奪はそうでしょうけど、雛花さまを娶られるのは想定外だった官もいると思いますよー？　おまけに『女媧の降臨は誤りだった』なんてデマまで流して、手が込んでますよね」

「前宗室の公主を娶って血の正統性を担保にするためと説明すれば、特段反発はなかった」

「へーえ？　実際のところ手もつけてないのに、何をどう担保されるんでしょうね？」

全て承知のくせに、いやにあてこすってくる珞紫に、志紅はため息をついた。

「……会議が長引いたのは別件だが」

「別件？」

「春燕城市に饕餮が出た。おまけに禁城の近くだ」

「！」

「一般の兵では太刀打ちできず、討ち逃した。……死者はどうにか出ていないものの、時間の問題だろう」

端的に告げると、珞紫は息を呑んだ。

「饕餮⁉　饕餮って……あの『四凶』の一種の⁉」

四凶とは、渾沌の魔の中でも最も危険とされる、檮杌、窮奇、饕餮、そしてまさに『渾敦』の音を有する四種。人面の饕餮は、暴食の権化として知られ、目につく物にはすべて牙を立て喰らい尽くすというばけものだ。

たった一頭でも、あまりの強大さに皇帝ですら手に負えず、軍も術士も投じた数だけ犠牲者に変わるため、年々拡大していく被害を、ずっと手を拱いて見ているしかなかった。

「まさか、辺境を荒らしていた個体が移動してきたんですか⁉　しかも皇宮の近くって」

気色ばむ珞紫に、志紅は視線を落とした。

(伏羲をこの身に降ろしてから、いくつか分かったことがある)

そのひとつは、創世の神々の様子をうかがう、渾沌の魔の動向。両者は本質的に対立しながら、まるで光と影のように寄り添い合う。

「おそらく、狙いは小花だろう」

「……なっ」

志紅の返答に、珞紫は絶句した。

「覚醒しきっていない女媧の気配に惹かれているんだ。今は、長きにわたる天后不在で韻容五彩の布目が綻んでいる。このまま、女媧を宿したまま彼女が消えれば、桃華源を守る邪魔な支柱は皇帝だけ。やつらにしてみれば、不完全な天后など、格好の獲物だ」

「陛下……。あなたは、それが分かってるのに！」

ごく事務的に告げる志紅に、珞紫は声を荒くして柳眉を逆立てた。

「なんでいつまで経っても、雛花さまをご自分のものになさらないんで？　このままじゃ」

——あの人は、女媧の力を覚醒させて天后になってしまう。

自分を睨みつける琥珀のまなざしを見返し、志紅は目を眇めた。

「……俺のことを、小花によりつく虫扱いしていた貴女とは思えない台詞だな」

「虫だとは今でも思ってますよ。けど、虫の手も借りたいんです。もともと、私があなたに協力しようと決めたのは、雛花さまを絶対に天后にしたくないというあなたの目的に賛同したからなんですから」

天后は、代々処女が就任している。ゆえに、とっとと力ずくでも操を奪ってしまえとかねてから急かす珞紫を、志紅はのらくらとかわしてきた。

「蓮華龍鱗紋が出た公主が、覚醒しないうちに天后になるのを食い止める方法は、まだはっきりしない。慣例を信じて無理強いしても、ただ傷つけて終わるだけの可能性もある」

「そんなもん、試してから考えたらどうでしょ。さすがに逆効果ってのはないでしょうよ」

いらいらと言い募る珞紫の焦りも分からなくはないので、志紅は仕方なく吐露した。

――〝紅兄さま。わたくしがうんと頑張って一番になったら……〟

「昔、彼女には、好きな相手がいたらしい」

「はい？」

在りし日の幼い声を思い出しながら独り言のように呟くと、珞紫には心底怪訝そうな顔をされる。

（天后を目指し始めてからはそういうそぶりはなかったから、今は違うのかもしれないな。でも当時に関して言えば、あの口ぶりなら、少なくとも相手は俺じゃなかった）

志紅は、いつまで経っても自分は雛花にとっての『紅兄さま』――つまり、異母兄の『煉兄さま』こと黒煉と同列だ、と自覚している。たしかに慕われてはいるのだろうが、あれは恋愛ではなく親愛のたぐいだろう。

（……小花）

努力家で強がりで、優しくてお人よしな少女。ずっと、そばで大切に慈しんできた。彼女を傷つけるものから遠ざけ、明るい笑顔を絶やさせないことに腐心して。

「だからこそ、あの子の壊し方も、俺はよく知っている。どうすれば悲しむのか、何を言えば的確に追い詰められるのか、手に取るように分かる。……幼馴染だからね」

　大切な夢を砕き、希望の芽を残らず刈り取らなければならないのなら。

「好きでもない男に穢されるなんて、不必要な傷まで必要ない。心を潰せば、十分だよ」

「一応、訊きますけど。その好きな相手とやらが今でもいるなら下賜してやるんで？」

「まさか。誰だろうと、小花を守り抜く意志が俺よりあるなら考えてもいいけれどね」

「……うっわ、これは、めんどくさぁ……」

　ごく真面目に返したはずなのだが、珞紫にはなぜかげっそりされた。今度は志紅が彼女に胡乱な視線を投げるが、意に介された様子はない。普段の雛花の状況を知るには彼女に訊くしかないので、自然と話す機会は増えているが、未だにこの侍女が何を考えているのか摑み切れないところがある。

「とにかく、饕餮については守りを厚くして対応する。強力な渾沌の魔については、伏羲真君の力で出現の位置に大雑把なあたりがつけられるから。ところで小花の様子は？」

「お変わりないですよ。……あ、いや。どうかな、最近ちょっと介護の使命に目覚めたみたいで、ある意味いきいきしてるかも」

「は？　介護……？　そうか」

（なんにせよ、元気に越したことはない）

　よかった、とほっと息をつく志紅に、珞紫はますます眉間の皺を深めたようだった。

「陛下は、うちの姫さまを侮りすぎですね。――あの人は強い。うかうかしてると、すぐに覚悟を決めて、力を使いこなし始めるでしょう」

「ああ。……肝に銘じておこう」

「それと、余計なお世話とおっしゃるかもですが。ひっどい顔色なんで、今日はとっとと寝たほうがいいですよ。じゃ、失礼」

　主君に対してとは思えないぞんざいな口調で一方的に告げ、仕上げとばかりに腹の底から押し出すような長ったらしいため息をつき、珞紫は背を向けた。彼女が退出するのを見届けてから、志紅は長椅子に腰を下ろす。

　ご指摘どおりだ。ここ数日、ほとんど眠っていない。黒煉が斃れた後のもろもろの処理の煩雑さもあったが、何より、幼馴染の親友でもあり主君でもあった男をこの手で刺し殺した時の、いまわの際の表情、生々しい手の感触が記憶から消えなかった。

（……迷わないと決めたのに）

　嘆息して長椅子に深く背を預けたところで、耳許に囁く声がある。

『ざまあないな、志紅』

　ふと気づけば、背もたれの上にできた己の影から、するりと同じ色の小さなものが這い出してきた。それはまたたく間に形を取って黒銀の鱗を持つ蜥蜴となり、ちろちろとこちらに舌を向けてくる。

（次から次へと……）

声の主が誰かは考える前に分かる。煩わしく思いつつ、志紅は蜥蜴を睨んだ。

「伏羲。出て来いとは言っていないが」

『召喚の呪以外で、真君と呼ばないのは相変わらずだな、我があるじどの』

黒い蜥蜴は、伏羲真君の化身。

じっと黙り込む志紅に、伏羲はやれやれと言わんばかりに畳みかけた。

『さあて、どうにも煮え切らぬ様子が面倒でな。何をぐずぐず悩んでいる？　我が天啓を示せば、うるさい官人どももすぐさま納得させられたし、敬愛する主君の生き血を飲んで得たその力も、順当に使いこなせている。さてはて、我があるじは何がご不満だ』

不満はお前のことだ、と喉元まで出かけ、志紅は緋色の眼を眇める。

「お前のようなばけものには分からないだろう。それより、……覚醒しきっていない天后の力を永久に行使できないよう、封じ込めるやりかたを教えろ。いい加減、何度言わせればば気がすむんだ」

『さてと、教えると思うか。それでは我が妹に会えぬだろう。しかし……創世の神をばけもの扱いとは、なかなか口の減らないあるじどのよ』

くつくつと咽喉の奥を鳴らすように嗤うと、赤い眼で伏羲は志紅を見た。

『お前が隣室に隠しているものも、あの天后の雛に見せてやればいいのに。可哀そうにあの娘、異母兄の死にざまに相当傷ついただろう』

「……うるさい」

『話してしまえれば楽なのになあ。人間というのは不器用にできている』

志紅は、もう無視することにした。

この口数の減らない創世神とは、半ば身体を共有しているようなものだ。伏羲を得てからのち、これは己自身の迷いの権化なのだと悟った。

(何もかも話すだと。よりによってお前がそれを言うのか)

あの事件からこちら、――幼馴染の少女の、絶望と憎悪に満ちた孔雀緑のまなざしが、頭から離れない。

(落ち着け。やり方は間違ってない。少なくとも、雛花が力を使えている様子はないんだ。天后就任の儀を正式に執り行わない限り、まだ間に合う……決して小花を天后にさせるものか。どんなことをしてでも)

『忘れてくれるなよ、あるじどの』

いつの間にか肩に上った蜥蜴が、耳許で囁いた。

『お前に、宗室の血を超えて我が力を得る手ほどきをしたのも、現にこうして力を与えているのも、禁断の呪を教え、黒煉を見限ったのも。お前の叶えたい願いが、誰よりも強かったからだ。狂おしいまでに』

神々は、強固な意志を好む。必ず果たしたい目的、確かな誓いを胸に秘めた者を。だからこそ、伏羲は黒煉を捨て、志紅を選んだ。

『くれぐれも、忘れてくれるなよ』

念を押す蜥蜴に、志紅は閉口する。疲弊した心がざわついた。

「陛下。失礼いたします」

――と。

扉の外から呼びかけがあり、志紅ははっと我に返った。伏羲は薄く笑うと、ふいと掻き消える。

（……宗室に憑いたばけものめ）

心中で吐き捨てつつ、眉をひそめる。先ほど出て行ったばかりの侍女の声だったからだ。

「珞紫どの。忘れものか？」

「はい。特大級のね」

間もなく室内に入ってきた珞紫は、訝しむ志紅に、にんまりと笑ってみせた。

「お疲れの陛下におかれては、残念ながら今宵は眠る暇などなくなりそうですよ。雛花さま――いえ、藍皇貴妃が、こちらで陛下の龍床に侍りたいそうです！」

「……は？」

我ながら随分まぬけな声が出るんだな、と。混乱が過ぎてごく冷静に自己分析する志紅をさておき、珞紫はうきうきと声を弾ませている。

「あ、いやすみません、割と誤解招く言い方しましたけど。っていうか、わざとですけど。結果的に正解にしちゃえばいい話なんで。まさに据え膳、飛んで火に入る夏の虫じゃないですか！　もちろん、お断りなんてしませんよね？」

「……分かった。彼女の望むとおりにしてくれ」

一方の志紅は、すぐに頭が冷える。今の雛花と己の状況を思えば、艶めいた想像などしようがない。

（小花、今度は何を企んでいるのやら。……予想以上に粘るな）

だが、彼女が何を考えていようが関係ない。

あくまでこの手からすり抜けて行こうとするなら、その気がなくなるまで挫くまでだ。

間もなく、夜のとばりが落ちる。

（うう、どうするのよ、これ）

結局、『ドキッ！　ババアだらけの後宮で皇貴妃の身分大活用作戦』を実行するはめになった雛花は、深いため息をついた。

鏡台の前に腰かけたまま、改めて、そこに映った己の姿をまじまじと眺めてみる。

大粒の花玉真珠の首環、金の地金に同じく花玉真珠をあしらった耳墜。そして、襟元を金糸でかがった練り絹の衫襦に、花鳥を五色の綾糸で織り上げた半臂。

高く結い上げた飛仙髻には、いつもの七宝胡蝶の簪と、瑠璃の櫛、真珠の歩揺を挿す。

「えーとえーと。ねえ灰英、胸元と襟足がかなり寛げ気味だけど、こんなもんなの!?」

「こんなもん、こんなもん。あと、唇の蜜紅はぽってり気味にするのが当世風なのサ」

今回は、珞紫に先ぶれを頼んだので、特別に灰英に支度をお願いした。元爆炭の元高級娼妓いわく、化粧も装いも、「派手だけれど上品に」をとにかく心がけているという。

「え？　っていうか、よく考えれば夜伽って具体的に何をどうするの？　皇宮の書庫にはなかったわよそういう系の書籍は」

「あれま上品なこったね。そんなもん殿方に任せておきゃいいさ。はあ、おぼこ娘はこれだから……やれやれ、そんなガッチガチに固まってちゃできる捜査もできないよ。さあ景気づけだ。命の水でも呑んで落ち着きな」

「あ。ありがとうございます……？」

深呼吸していた雛花は、渡された器を促されるがまま一気に干した。

ごくん、と音を立てて飲み下した後、かっと腹が燃え上がるような熱が襲ってくる。

「ってコレ水じゃなくてお酒!?」

「ちゃんと『命の』水だって言ったろ。だいいち、薬を盛るのに、仕込む酒の味くらい知っといたほうがいいじゃないか」

「ちゃんとでもなんでもございませんけど！　それ以前にわたくし下戸（げこ）なんですけども！　時代が時代なら無理矢理呑ませたせいでーって社会問題になるやつですわよ!?」

「ああ嫌（いや）だ、いちいちやかましい子さねぇ。だいいちあんたについては、黒煉（こくれん）前陛下が、『雛花は下戸下戸とカエルよろしく自称しているが、その実、呑んだ後の絡み方がうっとうしいだけで、別に全く飲めないわけじゃないぜ』ってちゃんと証言してたよ」

「あの人マジ心の底から余計なことしかしない!!」

「そのうち酔いも醒（さ）めるだろ」

「いつ醒めるかが問題なんですけども!?」

たしかに呑んでも二日酔いが残ったり記憶が消えたりすることは滅多にないが、酒が得意でないのは本当なのだ。気分がふわふわして感情の波が制御できなくなる。

（うう、煉兄（れんにい）さま覚えておいでなさい……！　亡くなってるけど!!　そのうち墓前に、兄さまがお嫌いだった干（ほ）し椎茸（しいたけ）を山盛り供えてやるんだから……！）

くらくらする頭を押さえつつ、故人へのささやかな文句を頭の中で吐き散らして気を鎮める。

「じゃ、頑張りなよ」

ゆるい応援の後、混乱も酔いも醒めない雛花を置いて、灰英はしれっと姿を消してしまった。呼び止めようにも、入れ違いに珞紫が室（へや）に入ってきて未遂に終わる。

そのままあれよあれよという間に連れ出され、気づけば無事に泰坤宮を抜けて晴乾宮に入っていた。目論見どおり、泰坤宮から出るところまでは成功しているのだが、動いたことでさらに酔いが回り、感動も何もあったものではない。

長い回廊を抜ければ、果たして目の前には、皇帝の臥室の大扉がある。

ぴったりと閉じられた重厚な両開きの黒檀に、鮮やかに描き込まれた五爪の黄龍が、鋭いまなざしでこちらを睥睨していた。

「どうせまたろくでもない悪だくみなんでしょうけど、無茶はしないでくださいよ。っていうかもう、さくっと潔く諦めて深く考えず陛下にお任せしちゃうのが吉ですよ、娘々」

珞紫は、ため息まじりにそう言い置くと、一礼して背を向けてしまった。「紅兄さまのところに乗り込んで話がしたいの！　それぐらいは許されるはずだわ」という主張が叶ったのは奇跡だが、室までの付き添いがてら、彼女はしきりと「勧めといてなんですが、いざってなると無性に陛下をブン殴りたくなりますね。いえ冗談ですよ」と複雑な顔でのたまっていた。なんのこっちゃ、と雛花は首を捻っている。

（緊張やら酔いやらで口からいろんなものが出そう……）

たとえば、恨み節とか罵詈雑言とか。

だが、覚悟を決めれば、すっと胃の腑の底が冷え、ついでに頭の中も静かになった。

（ここまできたら、万事なるがままよ！　どうにか薬を盛って、どうにかわたくしが物理的に吐く前に相手に情報を吐かせるのみ！）

何も、正当な色仕掛けでなくとも構わない。

素人なりに芝居を打つなら、本心を紛れ込ませたほうがいい。自己暗示をかけやすいからだ。

「藍皇貴妃、おいでになりました」

やがて侍従の先ぶれがあり、大扉がゆっくりと開け放たれる。

扉の奥は、灯火にとろりと照らし出された広い部屋が広がっていた。

紫檀の衝立で仕切られた向こうに、螺鈿で花鳥の象嵌された大きな長椅子があり、そこによく見知ったはずの黒髪の青年が腰かけているのを見て、雛花は息を詰めた。

彼は、残った仕事を片付けていたのか、竹簡を手に雛花を待っていたようだ。皇帝として正装した昼間と違い、髪を下ろし、簡素な濃灰の室内着で肩に袍を掛けている。整った顔にある緋の一対がこちらを捉えるのを見て、改めて手足が震えた。

（……自分から訪問するのは初めてだわ）

簒奪の一連から、自分で望んで彼に会ったことなどない。おまけにここは彼の臥室で、外聞のための体裁は夜伽。腐っても後宮入りした身として、緊張してしまう。

ちらりと彼の後ろに視線をやると、皇貴妃の室にあるものよりもさらに大きく立派な寝台が目に入った。金の張られた柱に支えられた天蓋からは、薄い紗のとばりと色とりどりの玉を連ねた簾が下がっている。

（だからっ、寝台なんか見てどうするのよ！　今はとにかく敵に集中しないと――）

　無理やり志紅に視線を戻すと、ふと、その柘榴の双眸と克ち合った。

　瞬間、ふわりと淡く微笑みかけられ、呼吸が止まりかける。

　夜だからか、はたまた状況のせいか。彼のわずかに綻んだ薄い唇がひどく印象に残る。

そのまま、底知れず甘ったるい深淵に引き込まれかけ、雛花は息を呑んだ。

（って、その敵に見惚れてどうすんのよ馬鹿！　もはや凶器だわねこの顔面!?　こんな寛いだ格好でもかっこいいとか、羨ましすぎて鼻血が出るわよ。一定以上に整った顔を無差別に曝すのを禁じる法はできないかしら!?　皇帝この人だから無理か）

　ついでに、色仕掛けのための灰英力作の装いに、彼がさっぱり動じていないことにちょっぴり凹む。それどころか、悩殺されかけたのはこちらだ。腹立たしいやら妬ましいやら。

「ごきげんよう、紅兄さま。……いいえ、志紅」

　大きく息を吸って、懐に隠した薬を襟の上から握りしめて気持ちを切り替えると、雛花は曖昧に笑み、室内に一歩踏み込んだ。背後で従者が扉を閉める音が響く。ぎい、ばたん、という聞き慣れた一連の音が、妙に心臓に悪い。

「小花。どうしたんだ、いきなり」

　当然といえば当然の問いだが、ここで素直に夜這いだと認識していただけない色気のなさが泣ける。雛花は、常の自虐で気を鎮めつつ、にこりと笑おうとした。頬が引きつって、ちょっと邪悪なご面相になったかもしれない。

「晩酌をされているかと思って。お付き合いしてもよろしい？」

「今は特段、飲んではいないけれど……珍しいね。酒の苦手なきみからそんな誘いなんて」

――案の定、疑われた。それはそうだ、と雛花は頷く。

「単刀直入に申しますわね。わたくし、いい加減あなたと本音でお話がしたいの。そういう時はお酒の力を借りたらいいって、煉兄さまも言ってらしたもの」

「そう、彼らしいな。いいよ、飲もうか」

あてこすりは、さらりときれいにかわされる。手ごわい。

「けど、きみはいつもどおりあまり無理しないほうがいいよ。ああ、それと。用意はこちらでしよう。お茶も淹れるから、座っていて」

「……そうおっしゃると思って、手ぶらで参りましたわ。お酌をしましょうか？」

「魅力的な提案だけど、お気遣いなく。自分で飲むより、きみが美味しそうに食べたり飲んだりしているのを見ているほうが楽しいから」

勧められるがまま小卓の円椅子にかけると、やがて目の前に、くるみの飴煮などの簡素なつまみと、山査子を漬けた鮮やかな赤い酒の載った盆が置かれる。雛花のためには、温かな花茶が準備された。酒を満たした白磁の器は、当然、遠い位置にある。

(やっぱり、隙がないわね)

この調子では、元禁軍の儀同将軍相手に薬を盛るのはなかなか骨が折れそうだ。思わず力が抜けそうになるが、雛花はどうにか己を鼓舞した。

(とにかく話を繋げて、攪乱して隙を探す!)

「珞紫から聞いたよ。後宮での生活にも、だいぶ慣れてきたと」

「いいえちっとも。息が詰まって、一刻も早く出て行きたくて仕方ないですわ」

「皮肉が言える元気があるなら俺も安心できる。もし生活に必要なものがあったら言って。暇を持て余しているなら、最新の詠仙の詩碑を届けさせるよ」

そのまましばらく雑談を続けたが、何を言っても、流水に斬りつけているような手ごたえのなさだ。薬を盛る好機もなく、おまけに、訪問前に入れてきた酒のせいで、雛花のほうが息切れしてきた。数杯空けて顔色も変えない志紅には、すぐさま揶揄される。

「疲れたなら、部屋に戻って眠ったほうがいいよ。もう遅い。第一、こんな時間に安易に男の部屋を訪ねるものじゃない」

「あなたがそれを言うの？　わたくしのことなんて、妹だとしか思っていないくせに」

とっさに口をついて出た言葉に、思いがけず熱がこもり、雛花は自分で驚いた。

目的は嘘でも、手段は本音。

(なんで、わたくし。今さら——この人にまだ、そんな)

果たして、さまざまな思いを込めて雛花がきつく睨みつけた瞬間。

「……そうだね」

彼の視線が一瞬逸れる。

(！　昔の、くせ)

雛花は息を呑んだ。

きまりが悪い時、視線を逸らすのが、昔から志紅の癖だった。

(……わたくしのよく知る紅兄さまだわ)

こんな状況なのに、胸が詰まって、一瞬呼吸もできなくなる。

冷静に、つぶさに彼の様子を見なければいけない。作戦、薬、と理性がごにょごにょ囁いている。なのに脳髄に染みた酒が、否応なしに、心臓を摑んで揺さぶってくるのだ。

「というかこの際きっちりお聞かせいただきたいのですけど。あなた、本当はわたくしのことをどう思ってらっしゃるの？　いえ、いいんですの言わずもがなですわよね。こんな、発育悪くて要領も悪くて酒癖も悪くて面倒くさい、悪いくさい尽くしで構成された手間ばっかりかける小娘、お嫌いに決まってますわよね。生まれてきてごめんあそばせ」

「小花。気になっていたんだが……酒のにおいがする」

案の定、そこで志紅は眉根を寄せた。

「顔も赤い。酒が入ると前後不覚になるから、自分でも呑まないようにしていただろう」

「呑まないとやってらえませんわよ！　そんなのわたくしの勝手でしょう!?」

勢いに任せて怒鳴る雛花に、志紅は呆れて引くどころかどこか楽しそうに苦笑した。

「ほら、さっそく呂律が怪しい。酔いが回ると自虐癖が悪化するのも変わらないな。とにかく、水を飲んで少し横になるんだ。誰に呑まされたのやら……きみは昔から、無茶ばかりする」

――〝無理して一番にならなくても、俺は頑張り屋の小花が好きだな〟

遠い日に聞いた声が、頭の内側で、わんと響いた。

（だから！　なんで！　昔と同じだったり同じじゃなかったりするの!?　なんなの!?　っていうかわたくしもわたくしよ、なんでこんな腹が立つの!?　もう全部お酒のせいよ！）

「誰に呑まされたか、ですって!?　ならば教えて差し上げますわ、第二の母と仰いで一生ついていきたくなるくらいカッコよくて素敵な巨乳うらやま貴婦人ですわよ、名前は内緒！　ってそもそもわたくしの交友関係まで干渉するのがおかしくない!?　子供叱るな来た道だ、年寄り笑うな行く道だって言いますでしょ!?」

「……その諺、今は関係なくないかな？」

至極まっとうな返しがきたが、脳天に血が上っていた雛花は、「大ありですわよ！」と咬みついた。

「そう、子供、子供こども!!　……どうせあなたは、わたくしのことを赤ん坊に毛の生えた程度のお子さまとしか思っていませんものね、長年こっちの気持ちに気づきもしないで、この朴念仁のにぶちんの肉饅頭男！　そんなに肉がお好きなら額に『肉』と朱書きして朝議に出ればいいじゃない！」

「待って小花。支離滅裂だ」

志紅の声は珍しく狼狽していた。いい気味だ、とふわふわした気持ちの上澄み部分でせせら笑う。雛花はそのまま立ち上がって志紅の手をがしっと摑んだ。やけっぱちで勢いのまま宣言する。

「もういい。紅兄さま、こっちにいらして」

「小花？」

意識して『志紅』と呼び始めたはずだったのに、さっそく元どおり『紅兄さま』に戻ってしまっている。そんなことにも気づけないほど、今の雛花は冷静さを欠いていた。

「わたくしを妃にすると仰せなのなら、名実ともになって差し上げますわよ」

「は⁉」

ぐいぐいと腕を引っ張って円椅子から無理やり立たせ、鬼気迫る顔で寝台に突き進む雛花に、志紅もさすがにこのままではまずいと思ったらしい。

広い寝台の一歩手前、間もなく垂れ幕に手が届こうかというところで、強く肩を摑んで振り向かせられた。

「……いい加減にしてくれ。第一、きみがよく言えたものだ。俺のことを兄だとしか考えていないのは、小花のほうなのに。今はもう、そう思ってもいないだろうが」

「ふっざけんじゃありませんわよ!!　こちとら、片想いこじらせて何年経つと思って!?」

「片……想、い?」

この台詞(せりふ)は、どうも相当に予想外だったらしい。

志紅は瞠目(どうもく)し、一瞬、完全に沈黙した。口が半開きだ。けれど雛花にはそのさまをあげつらう余裕はおろか、勢い任せの告白をしている自覚すらなかった。

融(と)けた鉛(なまり)のように腹にたまっていた酒の熱は、いつの間にか喉元までせり上がり、さらに頭に上ってまなじりを熱くした。

とうとうそれらは決壊し、雛花はぼろぼろと大粒の涙をこぼす。

「ちょっと待ってくれ、きみには好きな相手がいたと」

「そんなの——あなた以外に誰がいるのよ!?」

「……は……!?」

「勘違いしないで今は嫌いよ反吐(へど)が出るほど大っ嫌いですわよ!　っていうか精いっぱい嫌いになろうとしている最中ですわよ、どうよ涙ぐましい努力でしょう!　褒(ほ)めて!?」

「いや、本当に落ち着こう小花。俺も落ち着くから」

完全な絡み酒だ。もう、しっちゃかめっちゃかなまま、えぐえぐと泣き始めた雛花に、さすがの志紅も呆然としている。

(冷静に、……この人を観察するんじゃ、なかったの。わたくしの馬鹿)

一番厄介な状態で、正直、自分が素面の時にこんなのに絡まれたら本気で勘弁だと思う。さらに言うなら、よりによって志紅の前で醜態を曝すなんてもってのほかだったから、今までお酒は忌避してきた。

(でももう、全部そんなのもどうでもいいんだもの)

「お願いだから。――ちゃんと、ろくでなしになってください」

雛花は、感情のままに彼をなじった。

言葉にしてみたら、しっくりする。

(そうよ。中途半端に昔のままで、気遣い上手で優しいところまで残っているように錯覚させないで！)

思い切り嫌わせてほしい。心底憎ませてほしい。

せめて、甘やかな想い出なんて粉々に打ち砕いてくれれば。

「そうしたら、わたくしも心おきなくあなたを嫌いになれますもの。自分の気持ちをお墓に埋めて、ちゃんとあなたを怨むから。紅兄さま――」

この恋を葬る覚悟を決めて、彼は不倶戴天の敵なのだと、諦めがつくというのに。

そう言った、瞬間。

「——もう、黙って」

ばふ、と音を立てて目の前が暗くなって、雛花はびっくりして目を瞠った。

視界を覆う黒い室内着の襟。おずおずと首を動かすと、額が、袷から覗く鎖骨に当たる。

志紅の腕に抱き込まれているのだと分かり、雛花は、目をしばたたいた。

（紅兄さま……？）

目から水分を出しすぎて、頭がぼうっとする。頬を寄せるぬくもりが彼のものだというのは分かるのに、心が状況に追いつかない。

「小花」

名を呼ばれて反射的に顔を上げた途端、顎を掴まれる。ひどく荒っぽくて、性急なしぐさに、「何するんですの……！」と雛花が咬みつきかけた、瞬間。

——唇に、冷たく柔らかな感触が押しつけられた。

「ん、っ……⁉」

何が起こっているのか。

見たことがないほどすぐそば、その長い睫毛が数えられそうな距離に、志紅の柘榴色の双眸があって。背に回された腕は枷となり、折れそうなくらいきつく抱きしめられる。

（え、えええ……⁉　はい——っ⁉）

彼に口づけられているのだと、ようやく状況を理解した時には、もつれ合うようにもろともに寝台に倒れ込んでいた。頬を紗の垂れ幕が掠め、乱暴に払われた玉の簾が、からからと非難めいた音を立てている。柔らかな緞子の掛け布に背が沈んだ。

（苦しっ……息ができな、い）

でも、それ以上に。なんて、――甘い。

酒のそれなんて吹き飛ばしてしまうほどの、強い酩酊感が、頭の頂からつま先までを痺れさせる。

（どうして!?　だって、あなたにとってわたくしは、ただの『小花』で）

逃れようと必死にもがく雛花を組み敷き、難なく押さえ込んでしまうと、志紅は幾度も唇を重ねてきた。

脳内はもう理解不能の乱舞で暗転直前。抗議のつもりでとっさに黒い室内着の袷に爪を立てると、別の意味に取られたのか、いっそう深く貪られる。違う、そうじゃない！

――この人は、誰。後宮に入ってから、幾度となく問い続けてきた。

とうに想いは断ち切ったはずなのに、また、彼の秘められた一面を見せつけられては動揺する。そう、こんな彼は知らない。雛花の知る『紅兄さま』はただ穏やかで優しくて、こんな風に雛花の意思も無視して荒々しく吐息を奪うなど考えられない。

遠のきそうな意識の糸を辛うじて繋ぎながら、深く呼吸を絡ませ合い、ただただ奔流に呑まれる木の葉のごとく翻弄され、溺れる。

どれぐらい経ったのか。目を閉じ、くたっと力を失って呆然自失状態になった雛花の耳許に唇を寄せ、志紅は囁いた。

「……落ち着いた？」

「最初に、言うことは、それ、ですの」

長い口づけに息も絶え絶えな雛花に薄く笑い、志紅はその頰を指先でなぞった。

「いいや？」

吐息が首筋に触れ、雛花はびくりと身を震わせた。

重ねた手に力を込められると、いよいよまったく身動きがとれなくなってしまう。こんなにも体格が違うのか。見ているだけでは分からなかった、その身体の厚み、ぬくもり、逞しさ。

「──きみが悪い。小花」

抱き寄せられて、また唇を塞がれたら。それから？

（その後なんて、知らない……！）

柔らかな衝撃を覚悟して、雛花は顔を真っ赤に染めて目を閉じた。

こつん。

しかし、感触があったのは、唇ではなく額だ。雛花がおそるおそる目を開くと、彼は苦笑まじりに額を合わせていた。

「その様子だと、夜伽の意味も分からずに誘ったの、小花」

「……うっ」

図星を指され、視線を逸らす雛花の上で軽くため息をつき、志紅はゆっくりと身を離して寝台から立ち上がった。

彼の口許に、己の赤い蜜紅が移っているのを認め、忘れていた羞恥が込み上げる。

（え、いえ、ちょっと。待って、この状況。夜這いが夜這われになった？　何か違う、っていうかどうでもいいし。えっ、どうするの。どうしたら正解？　た、助けて灰英!?）

冗談なしに、恥ずかしさに顔が上げられない。寝台に突っ伏して布団に顔をうずめて声にならない叫びを上げる雛花は、冷静にしか見えない志紅が、その実きっちり動揺していることに気づけない。

「……ごめん。気つけの水を取ってくるよ」

彼はそれだけ言い置いて、雛花に背を向けた。

見送りもせず俯いたままの雛花の耳に、彼が部屋を出ていく、きいっと細い扉の音、そして静かな沓音が届く。

一拍置いて、さーっと雛花の頭から血の気が引いた。

（はい。ええ、うん。よ、……酔い、……完っ全に醒めたわ……）

なんだか、恐ろしいことを立て続けにしゃべり散らしたような。――挙げ句。

唇に残る、冷たく濡れた感触は、無理やり忘れるにはあまりに生々しく。

げに恐ろしきは酒の力だ。あんな魔性の飲み物を、百薬の長などと称した人間は、今すぐ出てきて泣いて詫びてほしい。

（わたくしったら酔った勢いで紅兄さまにあんな暴言……！　いえそうじゃなくて、それどころじゃなくて、なんだったの!?　なんだったのさっきのは!?）

槐後宮風の挨拶だろうか。いや、この国でそんな挨拶、見たことも聞いたこともない。

ひとしきり頭が冷え、雛花は悶絶した。唇にも腕にも、どこもかしこも彼の感触が残っているような心地がする。

（もう死んでしまいそう！　ああでも死ぬ気で来たんだし、あっちはあっちで犬猫とか人形とかそれこそオナモミにでも口づけるような程度のことだったかもしれないんだし……無理。なんだかもう、しっちゃかめっちゃかだわ……！）

頭を抱えて寝台にうずくまりかけた雛花だが、よく考えなくても作戦が成功していることに気づいた。

（あ。薬、使わなかったわ）

現状として自分は、志紅を油断させ、うまくその懐にもぐり込み、部屋を空っぽにさせて居座っている。

（怪我の功名にも程があるけど!?　って、よく考えなくても、この作戦穴ぼこだらけすぎませんこと……？　なんでわたくしも灰英も、これでどうにかなるって思ってたの……）

とにかく、結果よければすべてよしとみなそう。こうしてはいられない。

――〝きみが悪い、小花〟

まずもって早くこの寝台から立ち去らないと、終わらない煩悶に悩まされそうだ。

むくりと身体を起こし、雛花は寝台からのそのそと這い出した。

――〝雛花、知ってるか？　皇帝の居室にはな、隠し通路と、大きな隠し部屋があるんだよ〟

まだ即位したばかりの黒煉が、以前、雛花に話してくれたことがある。

――〝晴乾宮の見取り図を合わせるとな、不思議と、皇帝の居室の周りだけ、部屋と部屋の間に妙な隙間ができるんだ。たぶん、何かあった時の脱出路なんだろうなあ。それが前から気になっていて、即位して調べてみたらやっぱりだったぞ〟

冒険心に満ち溢れたこの長兄が、即位して初めてやったのは、隠し部屋と通路の探索らしい。

割と簡単に見つかって楽しかったが、皇帝居室の隣の他にも、いくつも隠し部屋が存在するようだ、と黒煉は話した。たとえば、地下に続くものまでとか。

(ええと、たしか。煉兄さまが見つけたっていうのは、この寝台のちょうど裏側に、大きな衝立があって。その裏に、小さな隠し扉があって……)

衝立はすぐに発見できた。創世の二神の化身である蜥蜴が彫り込まれた重い紫檀のそれをどうにか動かすと、たしかに小さな正方形の切れ込みがある。

(押すと開いたりとか……やっぱり。中は真っ暗ね)

できるだけ音を立てないように扉を外すと、一旦室に戻って手燭を持ち、光源を確保する。しかし、それでも足元と傍らの壁をわずかに照らすのみで、先はどんよりと淀んだ闇が口を開けているばかりだ。

(これ、虫がいたりとか……なんてくだらないこと言ってられないし！　ま、ままよ！)

雛花は意を決して、人が一人屈んでやっとの暗い通路に、そっと身を滑り込ませた。

通路の床は粗削りな敷石で、そこから冷気が上ってくる。腕を伸ばせば指先も呑まれるほどの暗闇の中、手燭の明かりだけを頼りに進むのはかなり勇気が必要だったが、なけなしのそれを絞り出して先を急いだ。

――と。しばらく進むと、少し広い空間に出る。

広いとはいえ、小部屋程度のものだが、そこに安置されていたものに雛花は息を呑んだ。

「煉兄さま……!?」

中央に置かれた大きな棺。その中に、絹布に丁寧に包まれて横たえられた黒煉の遺体があったのだ。ほのかな灯火の下でも青白いその顔は、命を失っていることは明らかなのに、ただ眠っているかのように安らかだ。

(煉兄さま。どうして……)

駆け寄って冷たいその頬に触れる。じわ、と涙が滲みかけるのを、慌てて歯を食いしばって耐える。

(どうしてこんなところにいらっしゃるの。いいえ、それよりも)

今は悲しみに浸る時ではなく、状況を冷静に観察する時だ。

雛花は、彼の胸に突き立ったままのそれに触れる。

「志紅が身につけていなかった『緋霄』……まだ、煉兄さまの胸にあったのね」

呆然と呟き、雛花は顔をしかめる。

(己が弑した君主の胸に、その君主から下賜された剣を突き立てたままで安置をするなんて。悪趣味にも程があるって言いたいけど、たぶん違うわね)

黒煉の遺体は、死後かなりの日数が経っているようには到底見えなかった。何か、特別な術でも施していないとこうはならない。

(それに、この剣……)

気分が悪くなりそうになるのを必死に堪え、雛花は彼の胸に突き立った刃を見た。刀身の半ばからほのかに蒼く輝き、水晶のように透けている。まるで、氷の剣のように。

(間違いない。志紅は、煉兄さまのご遺体を、ほとんど生前の状態のまま保存しているのだわ。こういう禁呪があることは、わたくしも以前、本で読んだことがある)

禁城の書庫の本を教養がわりにすみずみまで読んでいたのがこんなところで役立つとはと呆れつつ、雛花は息を呑む。

(心臓に杙となるものを打ちつけて時を止め、地に潜るべき七魄を留めて骸を保つ。さらに杙から、天に昇る前の三魂を吸い取り、別処に封じる……)

——一時的に命を奪うが、後で蘇らせるための秘術だ。

人の命を弄ぶため、雛花の読んだ書籍では、禁断のまじないとされていたはず。

(元の身体に戻すまでは、何か他の生き物に一度、三魂を封じておくとか。それじゃまさか、煉兄さまはどこかで生きてるの……？)

はっと思い出したのは、志紅がなぜ雛花の前で黒煉を殺したのかという疑問。

(これだったんだわ。頑なに隠し通そうとしていたことは。そして、わたくしの目の前で、わざわざ事件を起こした理由は……)

命を奪う現場を見せつけることで、兄は死んだのだと雛花に思い知らせること。そうすれば、よもやこんな形で骸の保管がなされているとは思いもしない。

（そうよ。ということは……煉兄さまは殺されたんじゃなくて、身体と魂を別々に切り分けられて捕まっているだけなんだわ！　生きている、と言っていいのかはまだ分からないけど。魂が、この皇宮のどこかに囚われているのなら、見つけて身体に戻せば助けられるはず）

長兄は〝死んで〟はいない。ものすごい収穫だが、別の謎がさらに深まる。

「だとしたらなおさら、紅兄さまはどうしてこんなことを……」

考え事に夢中だった雛花は、すぐ背後に誰かが忍び寄っていることに気づかなかった。


「知ってどうするんだ、小花？」


「……！」

悲鳴を上げる前に腕を引かれ、はがいじめで動きを封じられる。手燭が転がり落ち、石の床にこぼれた油が激しく燃える。雛花は呻き声を上げた。

どうにか首をよじって背後を確認する。誰がいるかなんて、明らかだ。

「こ、紅兄さま……」

「よくここを見つけたね、小花」

字面(じづら)こそ感心しているような台詞(せりふ)だが、静かな怒気が籠(こも)ったそれに、雛花は胃が冷たくなるのを覚える。

「ち、違うの。これは」

「何が違うんだ？」

ぐい、と身体の向きを入れ替えられ、突き飛ばされる。

背中をしたたかに壁に打ちつけて声を詰まらせたところで、ダン、と音を立てて勢いよく顔の両脇に腕を突かれ、雛花はヒッと息を呑んだ。

「お芝居で俺を欺(あざむ)いて、居室を空(あ)けさせて、身辺を探る。まさかきみにそんな器用なことができるなんて思ってもみなかった」

「わ、……わたくしも、自分がこんなに器用だとは知りませんでしたわ」

「そう？」

かさり、と足元で乾いた音がする。いつの間にか懐からこぼれた薬の包みを、志紅の沓(くつ)が踏みつけたのだ。

（……！　さっきの衝撃で!?）

「……こんなものまで用意して、器用な自覚がない、か。……へえ？」

いつの間にか、両手首を交差するように頭の上にまとめ上げられ、動きを封じられた雛花は、燃える緋色のまなざしに、おそるおそる視線を合わせた。

「わたくしの嘘なんて瑣末だわ！　紅兄さま、あなたの嘘に比べれば！」

苦しい反論だが、咬みつくように告げると、志紅がわずかに目を眇める。

「紅兄さま、煉兄さまは生きておいでなのでしょう？　これは、殺した人間を後で蘇らせるための禁呪だわ」

ありったけの気力を振り絞って、彼の手を振り払おうと身をよじる。

「煉兄さまの魂はどこにいるの。煉兄さまに会わせて！」

同じだけの怒りを込めて、雛花は敢然と志紅に立ち向かった。

「……――」

しばらく、志紅はその孔雀色の双眸を見つめ返していたが、やがてぽつりと呟いた。

「きみは変わらないな。昔から、変わらず強い」

「今は昔の話じゃなくて……」

「だからこそ、答えることはできない」

手首を摑む指に不意に力を込められ、雛花は「痛っ！」と悲鳴を上げた。

「紅兄さま、やめて！　痛いっ……」

「志紅、だろう。雛花」

「！」

呼び方に訂正を入れられたこともだが、彼から愛称ではなく、わざわざ本名で呼ばれたことで、雛花ははっと瞠目した。

「きみは昔のとおりでも、俺はもうきみの知っている俺ではないと、きみもよく分かっているから、そう呼んだんじゃないのか？」

「うっ、……」

ぎし、と押さえつけられた身体の節々が軋む。

「二度と逃げ出す気が起きないよう、きみの中に深く刻み込むには、どうしたらい？」

先ほどとは打って変わった冷酷な問いに、雛花は声も出せず震え上がった。

「少し、きみのことを甘やかしすぎた。次があれば、足の腱を切る。腕だけで逃れようとするなら、腕を折ろう」

「こ、紅兄さ、……」

「文字を書くなら、指を切り落とそう。声で助けを求めるなら、舌を焼こう。二度と泰坤宮の室から出ることができないように」

がたがたと震える雛花の指に、喉首に、舌を暗示するように唇に。順繰りに指をゆっくりと這わせ、志紅は囁いた。

「手足をもがれて声を失っても、安心していいよ。……不自由はさせないから」

脚から力が抜け、雛花はその場にへなへなとへたり込む。

「俺がこれから何をしようとしているのかを、きみに伝えるつもりはない。……これ以上、俺にきみを傷つけさせないでくれ」

志紅には、少なくとも今すぐには、雛花を殺す気はない。後宮に入れられ、丁重に扱われていることから、それは分かっていたことだ。でも。

（どうしてここまでするの？　どうして、わたくしなの……？）

余計な詮索をすれば、殺す以外のありとあらゆることをすると示唆しながら。

それこそ見てはいけないものを見れば目を焼き、しゃべってはいけないことを知れば口を縫い、聞いてはいけないことを聞く前に耳を削ぐと、穏やかに告げる、その心のうちは。

（この人は、紅兄さまだけど紅兄さまじゃない。いいえ、紅兄さまは……わたくしは、今まで、彼の何を見てきたの……？）

かたかたと、噛み合わない歯の鳴る音が、頭蓋のうちに反響する。恐怖から立ち上がれない雛花を、志紅はただ無表情に見下ろしていた。

7 天后の覚悟

「わたくしは大馬鹿者だわ……」

色仕掛け並びに家捜しには成果があった。

——ただし、もう二度と外に出られないというおまけつきで。

そしてさらに、今、雛花がいるのは、皇貴妃用の豪奢な部屋ではない。後宮の一角の地下にある、出入り口に鉄格子が嵌められた、罪を犯した妃嬪用の宮牢だ。

あの後、夜が明けるとすぐに、ろくな申し開きをさせてもらうこともできず、あっという間にここに放り込まれた。

(しかも、牢に入る前には目隠しをされていたから、脱出できても動きづらいわ。令牌術は効かないし女媧娘々の力もやっぱり使えないし！　八方ふさがりってこういうことを言うのね)

申し訳程度についている天窓から、淡い光が射し込んでくる。扉も格子つきで、向こう側の回廊の様子がぼんやり切り取られて見えた。

質素な寝台と小卓があるばかりの、素焼きの陶板が敷き詰められた宮牢の室内は、なんらかの術が施してあるのか、虫も出ず湿気もなくと意外に快適だが、それでも外に比べて薄暗い。どんよりと空気が淀むのは如何ともし難く、今の最悪の気分に拍車をかけてくれる。

（ああ、わたくしの空前絶後の巨大馬鹿。どうしてこんなへまをやらかしたの。せめて、隠し通路の入り口に、誰も入ってこられないよう令牌術のまじないをかけておけばよかったんだわ。どうせわたくしのヘッポい術なんて一瞬で破られるにしても、時間稼ぎ程度にはなったかもしれないのに）

　さらに志紅はこの牢に、同じく【止】の呪を、幾重にも丁重に施してくださった。何をどうあがいても出られそうにない。そういえばあの人、昔からなんでも仕事が丁寧だったなと、雛花は白目を剥いた。人間、たまにはいい加減でもいいのよと言いたくなる。たとえば今とか。

（だから昔のことはもういいんだって、何を考えてるのよ。もう本当、我ながら脳みそが溶けて耳から蛆が入ったとしか思えない馬鹿さ加減ね……そして、自分で考えたこのたえの光景を、具体的に想像して気分が悪くなってきたことも含めて、最低最悪札付きのド阿呆だわ……うぷ）

　風邪っぴきのサルといい、前々からなんとなく分かっていたが、どうも自分は絶望的に比喩表現の才能がないらしい。

（まあ才能ないのは比喩表現だけじゃございませんけれど。わたくしも煉兄さまくらい才能盛り放題の使い放題な人間だったら——そうよ、煉兄さまって……）

閉じ込められた衝撃で自失していたが、黒煉はどうなったのだろう。せめて彼の魂の無事だけでも確認しなければ、命がけの作戦がすべて無駄になってしまう。

「誰かいないの！」

雛花はとっさに鉄格子に飛びつき、外に呼びかける。

わん、と己の声が、広い回廊にこだまする。鉄格子が邪魔をして、回廊の隅々まで見ることはできないが、誰も返事をする様子はない。

「お願い、どなたか志紅……陛下に取り次いでちょうだい！　誰か！」

何度も呼びかけるが、やはり返答はなく、むなしく己の声が響くばかり。雛花のこめかみを冷たい汗が伝った。

（どうしてこんなに静かなの。見張りの一人くらいいてもいいはずなのに。どうしよう……煉兄さまを早く捜さなきゃ。こうしているうちに、煉兄さまに何かあったら）

——手足をもぎ、声を奪うと告げた志紅の顔が脳裏をよぎる。

何かあったら、なんて縁起でもない。雛花はすぐに思い直した。何かあってからでは遅すぎる。その前にどうにかするものだろう！

力任せにがしゃがしゃと鉄格子を揺さぶってみるが、当然のこと、びくともしない。どうして鉄棒くらい素手で曲げられるほど鍛錬（たんれん）を積んでおかなかったんだと、雛花は日ごろの運動不足を悔（く）いた。

「こうしていられないのよ」

がりがりと爪で格子を引（ひ）っ掻（か）く。錆（さ）びた金属と擦（こす）れて、嫌（いや）な音が耳を突いた。

こんなことをしても無駄なのは身に沁（し）みて分かっている。皇貴妃のために用意されたあの紅（あか）い部屋の中で、ありとあらゆる逃亡や解放に関する詩を詠（よ）んで令牌術を試みたし、頭の先から爪先まで捧（ささ）げると誓って女媧に呼びかけた。全部、なんの用もなさなかった。

それでも、諦めるわけにはいかない。

「何もできないのは、もうやめにしたのよ」

呟（つぶや）きながら、雛花は格子を握りしめた。

――〝悲しい時は好きなだけ泣けばいい。気のすむまで落ち込めばいい。落ち着いて前を向くようになれるまで、ずっとそばにいるから。小花（しょうか）〟

昔、そう言ってくれた人はもういない。

否、己の前に立ちふさがっているのは、他でもないその人で。

（わたくしを守ると言って笑ってくれた『紅兄（こうにい）さま』は、もういない。いいえ、違うわ。最初から全部、わたくしにとって都合のいい幻想（げんそう）だった）

おそらく、志紅が変わったわけではない。単に、彼の隠していたさまざまな面が見えていなかったのだ。雛花が、都合よく物事の本質を見失っていただけ。

（灰英と最初に言葉を交わした時、やっと落ち着いて自分の心に向き合って、気づけた）

志紅が、自分が天后になるのを執拗なまでに妨げる理由についても、思いを巡らせる。

優しかった彼が、真に雛花のことを苦しめようとするだろうか。

（ひょっとしたらあの人は、天后について、わたくしに教えられない何かを知っているのかもしれないわ。たとえば、大きな力と引きかえに、思いがけない代償が必要だとか……）

女神の力を借りるための犠のことや、『頭や心臓は譲るな』という黒煉の言から、雛花は薄々その可能性を察していた。

――それでも、自分は天后になりたい。

猙に襲われたあの日。女媧をこの身に降ろせたからこそ、志紅を救えた。

結果的に、彼とはこうして敵対しているけれど。それでも、あの日、彼の命をこの手で守ったのだという事実は、未だ胸の内で誇らしく燦然と輝いている。

（だから。やっぱりわたくしは、力が欲しい。脆弱な自分を悔いたくない。守りたいものを、自分で守りきれるだけの力が）

いかほど強く願えば、女神のお眼鏡に叶うだろうか。否、望みとあらば、いくらでも。

空っぽだと言われた心に、静かに光が満ちていく。その光の名は、決意という。

「〝韻と容とで乾坤を描け〟」

　腹に力を込め、思いっきり息を吸い込んで止めると、雛花は誰もいない空間に向かって指を滑らせた。

（志紅は、わたくしを縛るために、右腕を捧げていたわ。そして、書かれたのは、わたくしの動きを制限する【止】の文字……煉兄さまの話では、これに対抗しようと思ったら、もっと大きな力と犠牲が必要になる）

　いつもなら空虚な感触に嘆息を漏らすはずだが、今日は違った。宙を掻いているだけの指先が、何かに引っかかるような手応えを感じる。

「我が右腕をかたしろに、我が身に降れ女媧娘々」

　――〝オレが書いた火を水で消し止めることもできれば、火を足して炎として強めることもできる〟

　韻容五彩の理に従い、皇帝と天后の力について、黒煉はそう言っていた。

（術の精度は志紅のほうがずっと上。それを頑張って打ち消そうとしてきたけど、逆に意味を補足して効果を消してしまえれば、どう？）

　指先がほのかに輝きを帯びる。

　書いたのは一文字――【月】とのみ。

　止と、月。すなわち、合わせて【肯】の文字。

肯(がんじえる)。元来は骨のついた肉をあらわすというその一文字は、ものごとの核心を示すと同時に、急所を意味する。そして、肯定(こうてい)、首肯(しゅこう)と、行動への同意を示すのだ。

「ここを通して」

雛花が口にした途端、右腕に熱いものを押し当てるような鋭い痛みが走る。赤い光が右腕に絡みついて、蓮(はす)の華(はな)と龍の鱗(うろこ)の紋様を白い皮膚に刻み込んだ。

ぱきん、と微(かす)かな音を立て、目の前の鉄格子が崩れた。さらさらと赤錆(あかさび)の砂となった鉄格子に、雛花は頬を紅潮(こうちょう)させる。

（できた……！）

志紅のかけた【止(とめる)】は【肯(がんじえる)】となり、雛花の行動を妨げる呪がなくなったのだ。

（でも、どうして？）

女媧娘々、と心の中で、力を貸してくれた女神に呼びかけてみる。その力を行使できたはずなのに、なぜか彼女は顕現(けんげん)せず、声を返してもくれなかった。

（なかなか広いですわね、この地下。終わりが見えないわ）

色仕掛けのために整えた、目立つ格好のままだった雛花(すうか)は、こそこそと人目を盗んで動くはめになる。

とはいえ、先ほど呼びかけた時には、見張りの兵はいなかった。どうせ出られないだろうと甘く見られていたのだろうか。それでも油断は禁物なので、薄暗い通路で曲がり角に行き当たるたび、おっかなびっくり覗いてから進む、を繰り返す。

最初に宮牢に入れられた時も思ったが、ほとんど陽の射さぬ地下だというのに、微かながら視界は塗り潰されていない。通路はかなり広く、おまけにいくつも枝分かれしていてまるで迷宮のようだ。とはいえ暗いことに変わりはなく、気味が悪いし心細い。

たぶんこっちではないか、と勘を頼りに道を選んでいた雛花は、急に眩暈がして立ち止まった。

（何かしら。くらくらする……それに、右腕が熱いわ）

女媧の力を使ってから、どうも調子がよくない。頭がぼうっとし、かたしろに捧げた腕を中心に熱が広がり、全身を倦怠感が包んでいる。おまけに風邪をひいた時のように、関節が軋んで動かしにくい。

（最近こればっかり考えるけど、どうして持久力もっとつけておかなかったのかしら。全力で走ったら一瞬でへばるのは昔からだけど、術を使っただけでこのざまはないわ。もうホント、わたくしときたらアリんこ並みの体力で……って）

よく考えれば、あんなに小さいのに、自分の何倍も大きさがある蝶の翅を一匹きりで運びながら、遠い巣穴までさっさと帰っているアリは、かなり偉大ではなかろうか。

しかも群れているから友達いっぱい。女王がいるからお仕事やりがいたっぷり。働き口も困らない。

（なんなの。アリ、羨ましいじゃないの！　見てなさいよ。わたくしだって、後宮を無事に脱出したら、全力疾走で桃華源縦断しても息ひとつ乱さないくらい鍛えてやるんだから）

つやつやと黒く立派なあの胴体を想像し、雛花はアリに嫉妬して気持ちを鼓舞してみた。

普段どおりの思考回路を辿っても、心穏やかになるどころか焦るばかりだったが。

先を急ぎたいのに、思うように動けない。根性と気力を振り絞ってじりじりと進んでは止まりを繰り返すうち、少し先に曲がった方向から、灯火の明かりが漏れて見えた。

幾人かの低い話し声も聞こえてきて、雛花は息を詰める。普段だったら泣いて喜んでもいいが、今は見つかるとまずい。

（さっきはいなかったけど、巡回の兵かしら）

通路の角にぴったりと身を寄せるように足を止めて、会話に耳をそばだてる。どこかに行ってくれないかな、無理なら女媧の力で眠らせるかな、などと悩んでいた雛花は、彼らの話す内容に瞠目した。

「おい、そっちにはいないんだな？　饕餮は」

「ああ。けど、本当にこんなところに来たのか。辺境でさえかなり犠牲になったのに」

「先日城市に出たのは、とにかく巨大な口が目立って……腋の下にも眼があったというぞ。

饕餮の姿そのものだろう。報告によれば、令牌術も効かないそうだ。どうするんだろう」

（なっ……、どういうこと⁉　と、饕餮が城市に……⁉　冗談じゃないわ。このあいだの猙でもおおごとだったのに！）

ひそひそと囁き合う声に、雛花は身を強張らせた。

「出くわしても俺たちで太刀打ちできるものか。もはや陛下のお力にお縋りするしか……」

「しかし、おひとりではあまりに……ああ、天后がいてくだされば」

続く兵たちの嘆きに、雛花は心臓を爪で強く引っかかれたような心地がした。

（わたくしが、ちゃんと天后の力を使いこなせていれば、守れるはずなのに）

志紅と最後に見た城市の光景が浮かぶ。賑やかな大通り、そこで営まれる日常。感謝の言葉をかけてくれた人々。――それらをすべてひと呑みにできるのが饕餮なのだ。

そうこうするうち、話し声はだんだん遠ざかっていく。

ごくりと唾を呑んでそっと後ろに続こうとした瞬間、ふと、地下回廊の奥から新しい足音がばらばらと響いてきて身を竦めた。

「藍皇貴妃を見なかったか？」

「え？　いいや、こちらにはおいでではないが……」

「牢におられなかったらしい。それに、おそばにつけていた見張りの番兵も見当たらないんだ」

（まずい！　もうバレたの⁉）

雛花は慌てて踵を返した。

こんなところで見つかっては元も子もない。だが、そばにいた番兵が見当たらない、という言葉が、やけに頭に残っていた。

（見張りが、……いたの？）

では、なぜ姿が見えない。こんな地下で行く場所もないはずなのに。


無機質な石の壁に囲まれた細い地下通路で、何度も角を曲がり、兵たちの声を避けていくうち、雛花はすっかり方向を見失っていた。

（今一体どのあたりで、ここからどう戻るのよ。だいぶ来ちゃったわ）

糸でもあったら目印に引いておいたのにと後悔しても遅い。どちらにせよ、目印なんて残しておいたら、彼らに自分はここだと報せるようなものだ。

（この辺りは、術が弱いのかしら。視界もさっきよりずっと暗い……前が視えないわ。闇に身体を浸していくみたい）

全身を苛む倦怠感は増してきていた。歩くだけでも息が上がってきて、雛花は額を押さえる。暗く狭い地下通路で、たった一人で出口も分からない。

早く黒煉(こくれん)の無事を確かめなければならないのに。いい加減、くじけそうだった。

(煉兄(れんにい)さま……どこにいるの)

足を止め、冷たい石壁に寄りかかる。

ぼんやりと足元に視線を落としていると、ふっと耳許で誰かが囁(ささや)いた気がした。

『後ろの壁を伝ってみてごらん。小さな扉があるよ』

「え?」

——誰?

きょろきょろと周囲を見回すが、当然誰もいはしない。しかし、声には聞き覚えがあった。男とも女ともつかない、以前、猙(そう)を倒した時に聞いたものと同じだ。

誰の声なのかだいたい察しはつくが、今は言うとおりにしてみようと、そろそろと石壁を手で探りながら歩いた。

果たして、その扉はすぐに見つかった。軽く押すと、何かが壊れるようなぱきりという音を立て、意外にもあっさりと開く。

(ここは……?)

おそるおそる中に身を滑(すべ)り込(こ)ませる。

ひどく広い。そして、昼間のようとはいかないまでも、灯火を目いっぱいそこら中に点(とも)したように明るい。雛花が閉じ込められていたところより、数段大きな部屋だ。むしろ、広間といっていいだろう。おまけに——なんだか、普通の居室のように優雅なしつらえの空間だった。

壁や天井は先ほどと同じく普通の石壁だが、床には上等な毛氈が敷かれ、天井から吊られた香炉から伽羅と思しきにおいが漂ってくる。

調度は少なく、隅に磁器の水甕が置かれ、なぜか中央には大きな鳥かごが置かれていた。瀟洒な銀の格子の中に、小さめの猛禽が一羽、おとなしく収まっている。

雛花は、鳥かごにそろそろと近寄ってみた。

(鴉？　違うわね。珍しい色だけど……これ、鷹？)

漆黒の翼に、三日月のような白い紋様がふた筋。腹だけは黄褐色から白に変わるふかふかした羽毛を持つ、見事な鷹だ。

(宮廷の狩りに使うものかしら。こんなところに鳥かごを置いてどうするの？)

首を傾げたところで、ぼんやりと宙を見ていた鷹の目が、不意にこちらを捉える。それが鮮やかな黄金色をしている、と思ったところで、鷹がばささと翼をはためかせた。

『雛花!?　なあっ、そこにいるのは雛花じゃないか!?』

唐突に響いた声には聞き覚えがありすぎて、雛花は目を真ん丸くする。

「れっ、煉兄さま!?」

その姿はどうしたことだ、と雛花はかごに駆け寄った。

「ひょっとしなくても、志紅の術で鳥の姿に!?」

『あ、やっぱそう？　オレ、鳥なんだ？　いやー、いまいちあの宴会から記憶が曖昧でよ。起きたらなんかかごに入ってるし、手は翼になってるし、飛べるし、生肉うめえし』

「ご無事でよかった……って意外に元気そうじゃありませんの。もう、わたくしがあの時、どれだけ衝撃受けたと思ってますのよ！　煉兄さまが、本当に死んでしまったと思って！」

『だよな。オレも、こりゃさすがに死んだかと思ったし。っていうか実際、進行形で死んでっけどな！　うわ冷静になってみると貴重な体験。おい雛花、すごいぜ、オレいま死んで鳥になってるんだぜ！　ウェーイ』

「ウェーイ!?　そんな、お友達と一緒に充実した休日を過ごしていそうな羨ましい感想おっしゃってる場合じゃなくてよ！　話は後にして、とにかくここから逃げなくては」

のんきなはしゃぎ方をする黒煉に、雛花はまなじりを吊り上げる。「そりゃそうか」と黒煉もこれには同意した。鷹の姿で頷かれると緊張感に欠けるが。

（わたくしが脱走したのは知られてしまっている。ここだっていつ見つかるか）

くりくりした黄金色の眼でこちらを見つめる小さな猛禽に、雛花は焦る。

慌てて鳥かごから異母兄らしきものを出そうとしたが、錠前がかかっている。しかし、雛花が触れると、途端にその錠前が弾け飛んだ。

（そういえば、さっきこの部屋に入る時も、やけに簡単に入れたわ。ひょっとしなくても、この右腕のせい？）

「ということは、犠を捧げている間は、【肯】の力も残ったままなのね」

『雛花、お前、女媧娘々の力を使いこなせるようになったのか？』

感心して呟く雛花に、鷹になったままの黒煉が目を丸くする。

「使いこなせるというか、力が使えただけというか……女媧娘々の声はまだ聞こえませんわね」

『そうか、じゃあ、知らないままだな』

「？」

黒煉の言葉に雛花は首を傾げたが、彼は気づかなかったのか何も答えなかった。

「こうしてはいられませんわ。さぁ、行きましょう」

勢い込んだ雛花は、しかし、不意に眩暈に襲われて足をふらつかせた。がしゃん、と鳥かごに肩をぶつけて小さく呻く。

『大丈夫か雛花!?　気分が悪いのか』

「いえ、さっき力を使ってからちょっと具合がよくないだけ……右腕から始まって、全身が熱を持ってるみたいですの」

『犠牲を払ったからだ！　右腕なんて大きな対価じゃ体調を損ねるのも無理もない。神々の力は人には荷が重いからな。無茶せずにお前だけでも逃げろ。オレは平気だから』

「お断りですわよ」

痛ましそうに異母妹の身を案じる黒煉に、彼を鳥かごから救い出しながら、雛花は安心させようと笑おうとしたのだが。

「！」

（なに……!?）

首の後ろに、ちりりと焼けつくような気配を覚えて、二人同時に振り返った。

その眼前を、宙空を滑るように、真っ黒い鱗に覆われた蛇身がするりと過る。銀色のたてがみの、まばゆい輝きが眼を射た。

「伏義真君！」

雛花が叫ぶと同時に、龍の姿は霧散するように掻き消える。さらに、ばらばらと十名近い兵たちが踏み込んできて、雛花と黒煉を取り囲んだ。

皆、紅い肩当てを身につけている。いずれも腰に豹などの佩玉を垂らしているから、志紅の配下であった龍武軍の兵だろう。

「次は、足の腱を切ると言ったが？」

静かな声音が耳朶を打ち、雛花は唇を噛む。

「志紅……」

計ったように嫌な時に見つかったものだ。

兵たちの中から進み出てきた人物の、柘榴(ざくろ)のまなざしに射貫(いぬ)かれ、雛花はきゅっと唇を結んで睨(にら)み返す。

「き、……切るとは言われましたけれど、切られるとはお応えしておりませんわね」

たしかに予告されていた内容に、雛花は背中を冷や汗が伝うのを感じながら、気丈に言い返した。肩に留まった鷹の黒煉が、『そうだそうだ！　女性の足を切るなんて、冗談でも笑えねえぜ！　お前、世間様から嗜虐(しぎゃく)趣味の変態野郎扱いされても知らないんだからな』と援護してくれたが、志紅は軽く眉間を押さえて無視した。

「あらら、抜け出しちゃったんですねー」

「！　珞紫(らくし)」

兵たちに交じってやってきたのか、志紅の後ろから姿を現した男装の侍女(じじょ)の姿を認め、雛花は顔をしかめた。

「結構。首でも足でも斬ればいいですわ。でも、もう言い逃れはできませんことよ!!」

雛花は志紅を鋭く睨みつけた。

「この鷹は煉兄さまの魂(たましい)を宿していますわよね。今日という今日は話していただきます。どうしてこんなことをなさったのか」

恐ろしい言葉で脅されはしたが、黒煉が生きていたことについて、雛花はやはり安堵していたのだ。こうして魂と再会もできた。

「わたくしはご覧のとおり、女媧娘々の力をお借りして脱出いたしました。金輪際あなたの言いなりにはなりません！」

衫の袖をめくって、細い手首から肘までを埋める蓮華龍鱗紋を曝し低く脅す雛花に、志紅はじっと視線を注いだまま黙っていたが。

「……術を破られたのはすぐに分かったから。そうだと思っていた」

顔をしかめて苦々しく呟くと、「こっちに」と無造作に雛花の腕を摑んだ。

「何をするの!?　誤魔化さないで、ちゃんと話をして！」

「――そんな場合じゃない！」

鋭く一喝され、雛花はびくりと身を竦ませる。見たこともないような剣幕だった。

「今は詳しい説明をしている暇はない。小花、すぐに逃げろ。ここには間もなく……」

気圧されて黙り込む雛花に、切迫した表情で、志紅が何かを告げようとした時だ。

みし、と。

軋むような音が聞こえ、雛花は押し黙った。

（なに、今の）

この広大な地下で、音のひとつもそれはどこかでするだろう。ネズミや虫などが、見当たらずともいるはずだ。

ただし、さっき響いたのは、かなり大きなものが動く音だった。

すぐに、けだものの低く唸(うな)るような声が続く。閉ざされた地下空間で、それは思いがけないほど激しく淀んだ空気を震わせた。

「小花(しょうか)。下がっていろ！」

志紅が雛花を背後に押しやると同時に、ばきばきと音を立てて、石壁に亀裂(きれつ)が入る。兵たちの間に緊張が走り、彼らは雛花や黒煉を守るように散開した。

――その、瞬間。

ばきん、と音を立てて、石壁が消えてなくなった。

（な……!?）

固いものが崩れ落ちる音はたしかにしたはずなのに。あるべきはずの瓦礫(がれき)はない。

原因はすぐに判明する。

ずず、と地べたに重いものを擦(こす)りつけるようなゆっくりとした動きで、通路をいっぱいに塞ぐほど、巨大な球体が姿を現す。

（球体、じゃないわ。な、何これっ……生き物……なの？）

まず目に入ったのは、まるで毬(まり)に横一文字の線を引いたような口だ。下手(へた)をすると、身体のほとんどの器官が口なのではないだろうか。

丸い身体を覆い尽くす、灰色がかった鱗に、線で複雑な紋様が浮かんでいる。ずんぐりした胴に似合わぬ、枝切れが二本生えたような前脚には、大ぶりな曲刀のような爪が二本ずつ。そして、その腋の下に、どんよりと黄色く濁った二つの眼。後脚の代わりに一本生える、長く引きずる尾。

不気味なその姿もだが、眼球が、まるで屍のような虚ろさを宿しているのがいやに印象に残った。

「饕餮!!」

兵の一人が悲鳴のように叫んだことで、雛花はまがまがしいその化け物の正体を知った。

(こんなところに……!?)

「動じるな！　その鷹と皇貴妃を早く地上へ。残りは武器を前に構え！　令牌術は『題西林壁』で防壁を築いて囲み込め」

志紅が命じると、兵たちはたじろぎながらも応じようとする。

「〝横より看れば嶺を成し、側よりすれば峰を成す〟――」

詠仙『蘇軾』を引用して令牌術士が一斉に声を上げると、めりめりと床石が立ち上がり、氷柱をさかさまに立てたように、饕餮を囲む柵を築いていく。

だが、饕餮はその声にぴくりと身体を動かすと、唐突にばくんと口を開いた。まるで毬が真っ二つに割れるような異様なありさまで、真っ赤な口腔の奥には、無限に続く淵のように真っ暗な闇が続いている。

「ひいっ」

さすがの術士たちもひるんだ隙に、饕餮は術で築かれた柵に喰らいつく。途端に、頑丈なはずの檻は、柔らかいものをむしり取るように、口の形に円く咬みちぎられた。

距離を取れ、と命じる志紅の指示に従い、術士以外の兵たちは一斉に槍を投擲する。饕餮はそれも、煮崩れた根菜か何かを喰うがごとく呑み込んだ。

底なしの食欲。その勢いは、何もかもを喰らい尽くすまで止まることを知らない。四凶、饕餮の最大の特徴だ。

（まさか、わたくしの牢に番兵がいなかったのは――）

雛花は口許を押さえた。その先を考える前に、全身をぶわりと鳥肌が覆う。

ず、ずず、と。饕餮が巨体を引きずる音が、地下の壁を震わせて響く。

檻をあっという間に食べ尽くした饕餮は、じろりと雛花を見据える。大きな口が、わずかに笑みに歪められた気がした。

それから、他の兵にはわき目も振らず、饕餮はまっすぐに雛花に向かって突進してくる。

（あ、――）

死ぬ。

薄い現実味の中で、雛花は固まったように動けない。

のたうつように尾をひねり、石壁に巨体をぶつけながらばくりと開かれたあぎと。そこに並んだ剣のような牙が、喉奥のうつろが、眼前に迫るのを。ただ命がついえる瞬間を、声も出せずに待つしかない――

「容と韻とで乾坤を抱け、我が左腕をかたしろに我が身に降れ伏義真君!!」

牙が己に届く刹那、腕を摑まれて背後に突き飛ばされる。

（いっ、……た）

肩を石壁にしたたかに打ちつけながら、辛うじて目を開けて前を見る。呪を唱えたその人の指先が、宙に文字――【防】を書くさまを。

己を背に庇って、志紅が饕餮との間に立ちはだかっていた。

「紅兄さま――」

幼馴染の腕は、猙との戦いの時と同じように、雛花を護るため広げられている。その姿は、何度も何度も見慣れたものだ。彼はいつだってこうして雛花を助け守ってきた。兄姉たちの嫌がらせからも、貴族たちの嘲笑からも。

彼のまなざしの先で、彼もろともに雛花を吞み込もうとしていた饕餮のあぎとが、視えない壁に阻まれたように空気にぶつかる。

「小花、陛下と一緒に逃げろ。死にたくないならば」

短く告げると、志紅は眉根を寄せて饕餮を睨み据える。風圧で翻る袖の内側が輝き、逞しい腕に輝きを放ちながら蓮華龍鱗紋が刻まれる。やはり力の行使には苦痛が伴うのか、彼は歯を食いしばった。

翼をばさばさとはためかせて『おい、志紅、一人でどうする気だ！』と騒ぐ黒煉を、兵の一人がすばやく捕まえて饕餮から隠した。

「ほら、何ぼさっと突っ立ってるんですか！　荊将軍のおっしゃるとおりです。とっとと逃げますよ雛花さま！」

混乱する雛花の腕を、すかさず摑んだのは珞紫だ。

「あ、おまえ。今、荊将軍って——」

「口が滑っただけです！　いや、もうこの際そんなのどうでもいいから、ほら急いで、走りますよ！」

「待って。放して」

常になく険しい表情の珞紫に促された雛花は、その手を振り払って志紅を見た。

「紅兄さま。あ、……あなたはどうするの」

「仇の心配をしてどうするんだ。お人よし」

雛花の問いに、志紅はこちらを振り返らずに少し笑った。

「〝容と韻とで乾坤を抱け〟」

彼は今度は右足を捧げ、宙に【刻】を描く。無数の空気の刃が生まれ、饕餮をなますに切り刻んだが、ぱっくり割れた傷口は血の一滴も流さず、たちまち肉が盛り上がってふさがってしまう。こたえた様子もない。

（傷がすぐに治るなんて！　しかも伏義の力で斬ったのに!?）

息を呑む雛花の前で志紅は舌打ちすると、今度はわずかのためらいもなく左足を犠牲に【刀】を書いた。口を引き裂くように真っ二つになった饕餮だが、やはりずるずると肉がくっついて再生してしまう。

駄目か、と悔しげに呟く志紅の横顔を呆然と眺めながら、雛花の頭の中は、「なぜ」でいっぱいだった。

（なぜ助けるの。なぜ同じなの。なぜ、なぜ、なぜ。なぜ）

ぐるぐると渦を巻くその言葉に、噴き上がるのは怒りの感情。雛花は唇を嚙みしめる。

（志紅。紅兄さま）

「なぜ、そんなに簡単に自分を傷つけられるの」

気づけば声が出ていた。

両腕、両脚を伏義に捧げた志紅は、さすがに額に汗を浮かべていた。顔色も悪い。当然だ、と雛花は彼を睨む。片腕だけでもこんなに苦しいのだ、いくら武官として鍛えた彼といえど、これ以上、身体を刻むことは危険すぎる。

「我がはらわたをかたしろに――」

彼がとうとうそう口にした瞬間、雛花は後ろからその肩を掴み、勢いよく引っ張っていた。

「させるわけないでしょ、お馬鹿!!」

その柘榴の双眸は、一瞬、呆気に取られた色を浮かべたが、「逃げろと言っただろう!」とすぐに叱りつけてくる。

「逃げませんわよ。第一、はらわたですって? そんなものを捧げてどんなことになるのか、予想していないわけではないでしょう!? それ以前に、わたくしは天后なのよ。内臓売るならわたくしに許可くらい取りなさい。その頭は飾り物ですの!? そういう一般的な売り言葉をぶつけても実際問題飾り物になるのが羨ましいのよこの顔面貴族!」

「ちょ、小花、今は言い合いをしてる場合じゃ」

「場合じゃなくてもしますのよ大事なことだから! たしかにわたくしは、愚図でのろまで頭でっかちで体力がなくて無駄にため込んだ知識しかとりえのない、実のない徒花公主かもしれないけれど!!」

志紅の裏切りは許せないし、騙していたことはいくら文句を言っても足りない。

(それでも、――わたくしは今、あなたを守りたい!)

たとえどんな裏切りに遭おうと、やはり志紅は大切な人だ。もし、天后になることで何か失うものがあるとしても。今ここで彼を喪うことに比べれば、どれ程のものか。

（紅兄さま。全部織り込み済みであなたを守りたいんだから仕方ないじゃない）

――遠く近く、呼び声がする。『力が欲しいか』と。

「〝韻と容とで乾坤を描け〟――」

雛花は低く唱え、己の心の隅に巣くった何者かの意識に呼びかける。

（ずっとそこにおいでなのでしょう？　わたくしがぐずぐず、煮え切らずに迷っていたから、ずいぶんお待たせしてしまいましたわね）

「駄目だ、小花！　やめるんだ……！」

志紅が焦燥を滲ませた顔で腕を摑んだが、雛花はかぶりを振った。

（もう迷わない。ためらわない。だから）

ぼんやりと輝く左手首の蓮華龍鱗紋を宙にかざし、「我が両脚をかたしろに」と続けると、裙の裾がゆるく翻り、白い光が蛇のように足に絡まった。

「我が身に降れ、女媧娘々！」

青を帯びた黒髪が波打つように揺れ、頰を撫でる。

輝きは空気に融けると金のたてがみを持つ大きな白い龍となり、雛花の身体を守るようにまとわりついた。

『あーあ。待ちくたびれたよ。いつになったら召喚してもらえるんだろうってさ』

「やっぱり、あなた、女媧娘々でしたの。本当に女神？　なんだか声もあんまり女性っぽくないような」

『どうでもいいじゃないそんなの。それよりほら、ご覧。饕餮がきみの気配に押されている』

意外とカルいな、と雛花は内心呆れながら、女媧に促されるまま饕餮を見た。

顕現した女媧を警戒しているのか、低く唸ったまま、饕餮は腋にある眼でこちらを睨みつけている。

「紅兄さま。これ以上新しい力を使わないで。饕餮が何度も再生するのは、おそらくその性質のせいですの」

こちらも饕餮と視線を克ち合わせたまま、雛花は傍らにいる志紅に手短に伝えた。

雛花の召喚成功に自失したように呆然としていた志紅も、その声で我に返ったらしい。

「性質？」と短く問う。

「饕餮は、〝なんでも喰らう〟けだもの。だから、きっとあなたの『斬撃』も喰って無効化しているのだわ」

「斬撃を？　そうか――」

「わたくしが再生を食い止めますから、あなたは【刻】んで！」

みしみしと、強い力で圧迫するように両の足首が軋んだが、雛花は構わず宙に指の筆を

滑らせた。

（満腹になれば、どう!?）

――書いたのは【満(みつる)】とひと文字。

途端に、饕餮が動きを止める。ぱっくり開いていた口を閉じ、枝切れのような前脚を折って、えづくようにうつぶせた。ぼこぼこと、そのくすんだ色の鱗が盛り上がり、波打つさまを見守る。

初めて味わう〝満腹感〟にのたうち回る饕餮に向かい、志紅が連続して【刀】と【刻】とを放った。

耳障りな断末魔(だんまつま)が地下に響き、石壁をびりびりと震わせる。内臓をひっくり返すような雄(お)たけびだ。雛花は思わず耳を塞ぎ、その場にうずくまった。

（終わっ、た……？）

おそるおそる顔を上げると、そこには、さらさらと砂と化していく饕餮の残骸(ざんがい)があるばかりだった――

終

無事に饕餮を退治し、数日が経過した。

辺境に出没していた饕餮は消え、被害拡大は食い止められ、春燕も守られたのだ。

「それでどうしてこうなるのよ……！」

泰坤宮の皇貴妃用の部屋で、雛花は天井に向かって吠えていた。寝台に下がった薄緑色の紗の垂れ幕や紅い房飾りが、声で微かに振動する。

「結局また後宮生活に後戻りって!?　事情をきちんと話せって言ったのに！　説明もなくあの男はーっ！」

「まあまあ、どうどう。そんなに怒ると寿命が減りますよ。怒りは身命を削るって、昔の偉い人が言ってたような言ってないような気がしたりしなかったりですし」

「どっちなのかいい加減にも程があるわね!?」

傍らで、いかにも頭を使ってなさそうな相槌を打つ珞紫を雛花は睨みつける。

「煉兄さまとはまた引き離されるし……せっかくお会いできたのに。どうしていらっしゃるのかしら」

女媧の力が使えるようになった今、志紅の【止】の呪は無効になった。けれど、今は黒煉を人質に取られているに等しい。結局、雛花は動けないのだ。

「まさか、またかごに囚われて、あんな暗い地下におひとりで……」

後宮にいる雛花などまだましだ。黒煉は魂を切り離されたうえ、閉じ込められ、さぞや心細い思いをしていることだろう。考えただけで、胸がつぶれそうになる。

「なんか、元気にはしてらっしゃるようですよ？　ああ、娘々にご伝言も預かってます」

「煉兄さまが？　うそっ、なんておっしゃってるの!?」

「はいはい。ええと――『生肉うめえ』」

「超絶どうでもいい!!」

心配して損した。元気そうでよかったが、会えない限り状況は変わらないので、雛花は頭を掻きむしる。

「第一、わたくしが女媧娘々の力に覚醒したのは、あの時あの場にいた龍武兵もみんな見ていたはずよ！　正式な天后に一刻も早く就任しないといけないんだから、こんな風に後宮で皇貴妃やってるのはどう考えてもおかしいでしょう!?」

「ああ、逆です。全員、龍武軍の高級武官だったから、みんな口をつぐんでるんですよ。……ったくあの男は、ぼやぼやしてるから、言わんこっちゃない」

「……え？」

なにやら不思議なことをぼそぼそ呟く珞紫に雛花が首を傾げると、「おっと失言でしたね、つい」と彼女は微笑んだ。

「うーん。娘々は相変わらず、天后になるの、諦めないですねぇ」

「諦めるも何も、わたくしが天后になるのは決定事項よ」

「憧れの人が、簒奪帝になって立ちふさがってでも、ですか？」

珞紫は微笑んで問いかけた。その琥珀色の双眸は、どこか咎めるような色がある。

「――そうよ」

「守りたい相手からそうと望まれなくても？　何もかも全否定されても？」

「馬鹿ね！　全否定なんて、とっくにされているわ」

そもそもあの簒奪の夜から、何もかもが恐ろしい勢いで破壊されてばかりだ。

住み慣れた場所、親しんだ関係が根こそぎ奪われ、一度更地にされてしまった。おまけに、饕餮の襲撃に遭うなど、正直もう二度とは味わいたくない恐怖体験までさせていただいた。

けれど結局、何がどう壊れようと日々は巡る。

嘆いても傷だらけになっても、生きている限り明日は来る。

――でも。変わらないものも、ある。

かない。

（なんとなく、だけど）

天后になったらどうしたいのか。

結局、女媧に認められたきっかけは、やはり目の前にいる志紅を救いたいという想いだった。どん底に突き落とされて、まだそれかと、我ながら救いようのなさに頭を抱えるしかない。

（でも、……紅兄さまのことしか考えてなかった頃に比べて、『天后として』やりたいことが分かってきた気がする）

うん、と頷く雛花に、珞紫は頬をかいている。

「あーあ。すっかりやる気になっちゃって。陛下にまたゴリゴリ削っていただかないとですね」

「上等だわ。その紅兄さまが全然顔も見せに来ないのはどういう了見なの」

「さあ……なんででしょうねえ」

おしゃべりがないといえば、女媧もそうだ。

あの日、ひとしきり会話した後、女媧娘々の声も同じくふっつりと聞こえなくなった。力は使える様子なので構わないといえばそうなのだが、呼びかけても出てこないので、そういういい加減なたちの女神なのだと思うようにしている。

（……果たしてほんとに女神なのかしら。どうにも、声も口調も男っぽい……ような……

ないない。気のせいよね）

　ぼんやり物思いに耽っていた、その時だ。

「噂をすれば影ってホントですねえ」

　途中から席を外し、様子見に外に出ていた珞紫が戻ってきた。彼女は何やら複雑そうな顔をしている。

「娘々、お呼び出しです」

「？　誰から」

「決まってるでしょう」

　あなたがさんざんこき下ろしていた、我が国の現国主さまですよ、と珞紫はにやりと唇を歪めた。


　春の深まった禁城の園林に人気はなく、ただ静かだ。時おり通り抜ける風の音、小鳥のさえずりが、よけいにそう感じさせるのかもしれない。

　湖のそばを通る時、水面に映る自分の格好を見下ろし、雛花はため息をついた。薄青の上襦に紺の下裙、銀糸で草花紋を縫い取った白の半臂、翡翠を薄く削いだような紗の披帛。紺碧を帯びた黒髪には金歩揺と、いつもの七宝胡蝶の簪が挿してある。

（めかし込むこともなかったのに）

その感想に、一拍遅れて自分で驚く。かつては、おしゃれをする時はいつも、彼のためだったのに。一番可愛い、一番綺麗な自分を見てほしかった。

（今は、……どうなんだろう。名目上は彼の妃になったけれど。わたくしは）

花崗岩の石畳を辿り、約束の場所に行くと、彼は予告のとおり一人で待っていた。湖にかかる、浮き彫りの石細工の美しい太鼓橋の中ほどに、背に龍を縫い取った黒い袍を纏った立ち姿がある。こちらから窺えるのは横顔だが、ほとりを囲む柳の葉が風に揺れるさまも合わせて、まるで典雅な一枚絵のようで、しばし雛花は足を止めた。

「逃げるのはやめにしたの？　志紅」

己も太鼓橋を渡りながら、あえて愛称を使わず挑戦的に声をかけると、彼は振り向いた。柘榴の双眸は、知らない人のように無感動。だが、少し穏やかに見えるのは、おそらく雛花の心境がそうしているのだろう。

けれど、ここは例の宴を開いた四阿のすぐそばだ。現に、太鼓橋を渡った先に、丹の柱に支えられた瑠璃瓦の屋根が見える。正直、怖い記憶が甦ってくるので、あまり長居したい場所ではない。

ちらりとこちらを一瞥したきりで、志紅はまたすぐに湖面に視線を戻してしまう。彼は口を開くと、まったく予想外のことを言った。

「きみは、見張りの動向を気にしていただろう。彼らは饕餮に襲われた後、どうにか生き延びて気を失っていたようだ。この事件で犠牲になった者はいない」

「……あらそう」

（って、それだけ!?）

たしかにそれはとても気になっていたが、珞紫の口を通じてひと言ぽろっと報告してくれればすむ話だ。

（他にもっと言うことがあるんじゃないの？　相変わらず、こっちを向きもしないし）

雛花もむきになって、彼と逆の欄干に頬杖をつき、湖面を睨む。

彼は何を見ているのだろうと思っていたら、いつの間にやら、湖面には睡蓮のつぼみが浮いていた。間もなく、細かく重ねた花弁をほころばせ、あでやかな紅に咲き誇るのだろう。春の終わりを告げる花だ。

（もうそんな時季なの。……季節なんて気にしている暇、なかったわ。あれから）

「ごめん、小花」

不意に、背中越しに謝られ、雛花はぱっと振り向いた。

「……いろいろ、すごくすごく今さらですけど。それはとりあえず、何に対しての謝罪？」

畳みかける雛花に、彼は背を向けたままだ。

鮮やかな五爪の龍の刺繍を睨みつけるように雛花が問うと、ややあって返答がきた。

「ごめん」

質問には答えず、ただ重ねられた謝罪の意図を、雛花は察する。

(相変わらず、何も言えないってこと、ね。……ほんとにもう)

別に、話してくれるとはまったく思っていなかった雛花は、ふうっと息をついた。黙って見過ごす気はないので、今後とも勝手に探り続ける所存だ。

「それじゃあ、わたくしからも一言」

「なに?」

嫌味か恨み事でも続くと思ったのだろう。多少硬い声の志紅に、雛花は背を向けたまま晴れやかに笑った。

「あのね、ありがとう」

「……え?」

「帝位を簒奪したことじゃないわ。天后を目指すわたくしのこと、からっぽだって。ちゃんとまっすぐ指摘してくれて、ありがとうございます」

あの時、きちんと勘違いが正されたから、結果として今の雛花がある。そうでなければ、女媧の力も未だ眠ったままだったかもしれない。

「お蔭で見つかりました。天后としてやりたいことが」

「……そう。どんな?」

志紅の声は静かだ。雛花も、不思議と穏やかな心境で、目下でさざなみを立てる水面を見つめた。

「いろいろあったお蔭で、ひとつ分かったのだけど。わたくし、何がどれだけ変わっても、自虐と嫉妬だけは根本的に変わらなかったのよね」

「……は？」

「あの簒奪の夜から目覚めた時にはもう自虐してたし。これはもう、自虐と嫉妬がわたくしの源流にして本懐なのね。だから、それに則した目標を持つべきなんだわって」

「え、うん。……大丈夫？」

いきなりなんだ、と問いたげな志紅の反応に、雛花は案の定だなと肩を竦める。

「だからね。わたくし、守りたいのよ」

その願いのきっかけは、たしかに志紅だった。

（それだけじゃなくて。煉兄さまや灰英や……）

そこから少しずつ手を広げて、もっともっとたくさんの人を。

彼らの持つ、それぞれの、たくさんの当たり前を。

「森羅万象なんでも平和に羨んで、誰にでも嫉妬して、平穏無事に卑屈でいられる日常を守るのよ。それで、みんなが楽しそうに『いい爺毛度』に暮らしているのを、遠慮なくジットリ指をくわえて見上げながら、なんてことない生活を送るの。嫉妬するには、嫉妬できるだけの羨ましくて幸せそうな相手が必要なんだから」

「いや、それ、本末転倒(ほんまつてんとう)じゃないかな」

志紅には案の定な突っ込みを頂いたが、「文句は聞かなくてよ、もう決定事項だもの」と雛花はずばっと切り捨てた。

そのまま、しばし沈黙が落ちる。

次第にばつが悪くなってきたところで、どうしても訊かなければと、雛花は覚悟をもって口を開いた。

「……何も答える気がないにしても。これだけは教えて。……なぜ、あなたはわたくしを妃にしたの？」

少し、風が冷たくなってきた。

「天后にさせず閉じ込めるだけなら、後宮に入れなくてもすむでしょう。どうして、わざわざ……それも、皇貴妃にしたの？」

再び湖面に浮かぶ睡蓮のつぼみに視線を戻し、組んだ腕を欄干に置いて顔をうずめた雛花の背に、すっと影が落ちた。

「君は本当に変わらないな」

ふわりと肩に袍がかけられ、雛花は欄干から顔を上げた。

同時に、首筋に吐息と、熱を覚えて息を呑(の)む。視界が、大きな手で塞がれた。

「紅兄さ、……」

片手で雛花の眼(め)を後ろから覆い、薄い肩をもう片腕で強く抱き竦めるようにして。

「前向きなんだか後ろ向きなんだか分からないところが、本当に変わらない」

志紅は笑い含みにそう囁く。

「どうして、は言えなくても。……どうしても俺の妃になってほしい。これだけは偽りのない本心だから」

「！」

すっぽりと背中から包み込まれ、雛花の頬にじわじわと熱が上(のぼ)ってきた。

――〝小花、きみが悪い〟

急に思い出したのは、あの晩のこと。

あれからいろいろありすぎたとはいえ、どうしてあの日のことを今この時まで忘れて無防備でいられたのだろう。だって、今すぐ後ろにいる、彼とは。

（く、口づ……い、いやいやいや、だからそれはきっと挨拶(あいさつ)か事故か何かで!!　じゃなくてこの人、思ったより手が早い……!?）

あの時に味わった陶酔(とうすい)が甦(よみがえ)り、雛花はぶんぶんと激しくかぶりを振って不埒(ふらち)な回想を締め出しにかかった。

「それはご勘弁(かんべん)！　何も話してくださらないかたとは、わたくし、一緒にいられません。

なので、やっぱり天后になるのは諦めませんし、煉兄さまを元の姿に戻そうと思うので、後宮からは出ていき——」

ついでに彼の手も振り払って文句を言おうとしたところ、耳に冷たく濡(ぬ)れた感触が掠(かす)める。

(ひゃ、……?)

唇だ、と気づいた瞬間、体温は背中から離れる。

「きみはずっと俺の妃だよ。きみのすべては、俺のものだ。だから早く、諦めて?」

「——っ、ご免こうむりますわ!」

遅れてやってきた羞恥(しゅうち)に紅くなった彼女が振り返って睨みつけると、志紅はすでに太鼓橋を後にしていた。

(……あなたのお嫁さんになりたいって思ってたわ。紅兄さま)

けれど今は、初恋を葬(ほうむ)って、彼への想いを忘れる覚悟を決める。

そのためにも、簒奪帝(さんだつてい)の後宮生活から、一刻も早く抜け出すぞ、と。雛花は小さく拳(こぶし)を握り固めた。よし、と小さく気合いを入れたところで、はたと思い至る。

(っていうか、これって要するに老老介護(ろうろうかいご)の後宮の切り盛りもしばらく続行なんじゃ……)

その心を雛に秘し

——荊志紅の記憶において、人生で最悪だった瞬間は三度ある。


『結局あの天后の雛は、何も知らないままか』

皇帝の臥室で、長椅子に腰かけて己の手に浮かぶ蓮華龍鱗紋に目を落としていた志紅は、すっかり聞き慣れた声に顔を上げた。

「伏義。なんの用だ」

宙に黒い蛇身を浮かせ、金色の眼がこちらを見ていた。爪で一筋、縦に傷を入れたような瞳も、けだもののそれ。

『用がなければ呼びかけてはいかんのか？　お堅いことだ、我があるじどのは』

「……可能な限り聴きたい声じゃないからな」

皮肉に唇を歪めると、何がお気に召したのか、けらけらと創世の神は声なき声で嗤った。

『何をカリカリしている？　さては想い人から遠回しに振られた衝撃から地味に立ち直

り切れておらぬな。なにせ先般は、あの雛から、かねてより好いておった……と告白されて舞い上がったら、すべてお前を嵌めるためのお芝居だった、のだものなぁ。お前、よく先ほどは蒸し返さず平静に話ができたものよ』

痛い指摘には常どおり聞こえないふりをして顔を背けていると、後ろ頭を小突かれる。

「……神のくせに立ち聞きとは感心しないな」

『お前に宿っているのだから仕方あるまい。お前が、衝動的にあの雛に口づけて押し倒して、それでもなんとか理性を保ち、大人の余裕を見せていったん部屋を離れてやり、ちょっと頭を冷やして戻ったら逃げられるどころか家捜しされていた現場一連を目撃したのも不可抗力だ。男の純情をかくも無惨に踏みにじって、いやはや、女は怖い怖い』

「黙れ。黒焼きにして生薬の材料にさせるぞ」

『不届き者め。神をイモリと一緒にするでない。傷つくだろう』

伏羲は再び頭をつついてきたが、志紅は今度こそ無視した。むしろ傷口に塩と唐辛子を塗りこまれる身になってみろと怒鳴り返したい。逆に喜ばせるだけなのでしないが。

（いや、未熟な自覚はある……あの晩の小花の装いからして、お芝居の気配しかないのに）

衫襦の袷から覗く白い柔肌、蜜紅の彩る花唇はいっそ目の毒だった。あんな不自然なほど色気を醸して、裏が無い方がおかしいのに、狙いどおり乗せられたのは恥でしかない。

「いやにおしゃべりだな、伏羲。神々が無駄口を好むとは知らなかった」

八つ当たり気味に志紅が皮肉を重ねると、饒舌な神はまた嗤う。

『やはりつれないことを言う。しかと語り合おうではないか、我があるじどの。お前とはいずれ言葉を交わせなくなるのだから』

惜しむように伏義は告げる。

かぱりと開いた口は赫々と紅く、並んだ牙が唾に濡れて光を弾いた。

(この神が身に降りてよかったと思うことは一度もないが、不快なことなら両手の指では足りないな。……いや)

今回も気分の悪い瞬間のひとつに数えられるだろうが、しょせん大したものではない、と志紅は片付けた。

己にとって、忘れたくても忘れられないほど脳髄に焼きつけられた出来事は、今のところ三度きりだ。

一度目は、四年前。

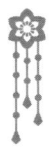

父が死んだ時のことは、昨日のことのように、まならうに甦る。

畏れ多くも皇帝に反旗を翻した、当時の柱国大将軍。荊志青の処刑は、空気の冷たく冴えた早朝に執行された。

『何か言い残すことは』

『では……陛下に、我が忠誠は常に御身とともにあると』

起こした事件の大きさと不釣り合いなほどに、ごくごくひっそりと。かつ粛々と、父の首は刎ねられた。

謀反を企てた者の今わの際の皮肉として、その末期の言葉は高官たちの失笑を買った。

普通ならば凌遅刑――死にいたるまで肉を少しずつ削いでいく、最も残虐な刑罰だ――に処されるほどの大罪だが、馘首ですんだのは温情だとも噂されながら。

（父上、……なぜ。こんなことに）

母を幼い頃病で喪い、きょうだいもない身に、父は唯一の家族だった。

誰よりも尊敬していた。誰よりも憧れていた。強く、優しく、そして何より、忠義に篤い父だった。首に刃を受けるために、叢に膝を突く時すらも泰然としていた。

――〝強く在れ、志紅。いつかお前が真実を知った時、大切なものを見失わぬように〟

言葉を交わしたのは、つい先ほどのことなのに。あっけなく転がり落ちた、胴から切り離されたそれは、まるでよくできたはりぼてに見えて。

（なんて、のんきに考えてる場合じゃないな……次は、俺だ）

大逆の罪は、一族郎党すべての命を以て購わせる。それが、この槐帝国での決まりだ。

――〝志紅。お前だけは、絶対に助けてやるから……！〟

牢に繋がれた時に訪ねてくれた、宗室に連なる親友の、必死な表情を思い出す。

(おひとよしだな、黒煉。下手をするときみの立場も危うくなってしまうというのに。この件に口出しをした者は、たとえ宗室といえども厳罰を与えると……陛下の宣旨もあったんだ。助命嘆願なんて、しなくていい……)

次期皇帝の候補とも名高い黒煉が、この件で無茶をしないようにと、身内が一斉に封殺にかかっているらしい。それでいい、と。彼は己の処刑がつつがなく執り行われることに安堵している。

(本当は、おそろしい)

目を閉じれば、次の瞬間には、父と同じく己の命の灯も掻き消されているのだ。

そのせいなのか。頭の中を、さっきからずっと、幼い頃の光景がぐるぐる回っている。

――〝紅兄さま。わたくしがうんと努力して、天后になれるくらいお勉強も頑張って、そうしたら〟

この状況で、なぜか思い出すのは、幼馴染の少女の笑顔だ。

(小花……)

彼女に好きな相手がいると聞いた時は、戸惑った。しばらく悩んだ末に、ならばせめていい〝兄〟でいようと、本音を誤魔化し、自分の気持ちに蓋をした。

(なんでこんな時に考えるのが、あの子のことなんだ。素直に想いを告げておけばよかった、とか……？）

きっと、この処刑については、しばらく経ってから彼女にも知らされるのだろう。泣いてくれるだろうか。悲しんでくれるだろうか。

あと一度くらい、会いたかった。

やがて、父の時と同じ執行人たちが己の背後に回り、首を差し出させる。黒い目隠しをつけられ、地に膝をつかされ、うなじに衝撃が来るのを待つ。

父の最期を見るに、頑丈な人間の首を一撃で落とすほど切れ味のいい剣と、腕のいい執行人に恵まれたようだ。運がいい、と、やはり他人事のように思った。

しかし、その瞬間はいつまで経ってもこない。

『立て。たった今、お前の処刑は中止になった』

やがて目隠しを外されて告げられた時、どう反応していいか分からず、彼は呆然と立ち尽くした。

（殺されない？　なぜ）

どうやら自分だけは赦されたらしい。だが、理由が分からない。まさか、黒煉の嘆願が通ったのだろうか。

また、代々の封土などはほとんど取り上げられるものの、同じ荊の姓に連なる遠戚や志青と繋がりの薄い家来なども処罰を免れたこと、自分が軍を除名されずにすむことなども矢継ぎ早に告げられ、ますます混乱する。

（なぜ）

『雛花に感謝しろよ、志紅』

解放された彼を真っ先に訪ねてきた親友は、開口一番にそう言った。

『怒り心頭で、〝荊家を庇う者は、何人たりとも同じ罰を受けるつもりでいよ〟とまで仰っていた父上に、あいつだけが身を挺して、必死で助命を希ったんだ。代わりに自分を殺してくれて構わない、とまで……』

――〝ここで荊家の子息にご慈悲を頂ければ、彼はきっとこの槐帝国のお役に立つはずです。及ばずながら、わたくしも皇恩に報いるべく尽くしますから……！

雛花は、周囲が恐れおののく中、玉座の前で父帝に平伏し、額を床に擦りつけたという。何度も、何度も。

『オレ、あいつを見直した。それに比べてオレなんか、親に幽閉されて何もできなくて……ごめん』

しょげ返る親友に首を振り、彼は一番気になっていたことを食い気味に尋ねる。

『それで、小花はどうなったんだ』

『腐っても宗室、天后を継げる可能性があるからって、殺されはしなかったけど……後宮から追い出されて、あばら家みたいな小離宮に移ったよ。調度や宝飾品、綺麗な衣装なんかもほぼ全部没収。皇籍は、書面では剝奪されてないけど、事実上は臣籍への転落だ』

おまけに、皇子皇女たちには、彼女を血縁と思わぬよう、卑賤の者と見て特に蔑むよう命じた。何をしても構わない、とまで。

『たとえ父上が亡くなった後でも、無礼な進言への罰は永劫続けるようって……』

『……──』

声にならない感情が、奔流のように全身を駆け抜けた。

深い感謝以上に、彼女の未来を奪ってしまった罪悪感。おまけに彼女は誓いを貫くため、父帝の崩御後も、後宮に戻れという黒煉の誘いを断り、志紅の援助も頑なに固辞し続ける。

だからこそ、この命は国のため、ひいては彼女のために使おうと決めた。

大事に抱えていた、甘ったるい恋心は封じて。彼女への気持ちは理性で制御して、ただ背に庇って、必要とあらば代わりに刃を受けようと。

守るから。

──もしきみが、苦しい思いをすることがあれば、何を敵に回してでも俺が守るから。

いつだって、必ず。

──〝いつか、お前が真実を知った時に〟

なぜ慕っていた主君を裏切り、簒奪を企てたのか。志紅に明かさず、ひっそりと命を終えた父のことは、ひとまず記憶の奥に封じなければ。受けた恩を返すために力を尽くして、穏やかに果てていけたら。それでいいと思っていた。

　その言葉どおり、真実を知るまでは――

　二度目の嫌な記憶は、幼馴染の黒煉が伏羲によって皇帝に選ばれた後のことだ。

　――〝なあ、志紅。せっかくこうしてオレが選ばれたんだ。オレは、この槐帝国を変えたい。お前はオレに、ついてきてくれるか？〟

　即位直後、忠誠を誓った志紅に、幼馴染は無邪気に笑った。なお、彼もまた、〝荊の乱〟以後、変わった者のひとり。異母きょうだいの中で、親友の命を救った雛花を、ことさら重んじるようになったのだ。

　だが、理想を語っていたはずの黒煉の表情は、三年経つうち曇りがちになっていく。ついに「どうしたのか」と案じた志紅を密かに呼び出し、彼はこんなことを打ち明けた。

『志紅、あのさ……オレは誰に見える』

『？　陛下です。僭越ながら名を申し上げれば、槐黒煉陛下です』

　どうした急に、と訝りつつ即答すると、『だよな』と彼は何度も頷き、それから奇妙な不安を口にした。

『皇帝ってさ。なんなんだろうな』

『え？』

『見てくれ。日々の祭祀を行い、令牌術士に力を分け与えていくと、腕の蓮華龍鱗紋がだんだん拡がってくんだよ』

黒煉は手甲を外して見せた。最初は手首だけだった紋は、気付けば肘まで至ろうとしている。

『それは、お力がたしかに御身のものになっているという証では……』

『オレもそう思ってた。でも、なんか変なんだ、最近』

出た覚えのない朝議、した覚えのない会話、会った覚えのない賓客。

『ときどき眠っていたように時間が飛んで、その間に、誰か知らない〝槐黒煉〟が代わりに力を振るって、政を動かしているんだ。なあ、それって誰なんだ』

『そんな……考えすぎでしょう。政務が立て込んでお疲れだから、いろいろあやふやになっているのかも……』

『いくらなんでも、出した覚えのない詔勅はおかしいだろ!?　それに、オレじゃない時のオレが執った政の舵取りは、オレよりずっと優秀なんだ。まるでずっと皇帝だったみたいに！』

憔悴しきった主君の様子に、これはただ事ではないと悟って宥めると、黒煉は一瞬気色ばみ、それからすぐに声を落とした。

『なあ、……志紅、お前だけに話す。乱心扱いされるから誰にも言わないでくれ。槐帝国の歴史は千年。国の頂点になる皇帝と天后は、神々を宿した人間。そんな単純すぎる条件だってのに、かつて一度も、権力のとりこになって国を荒らした奴はいない。それって、なんでだ？』

『それはもちろん……神々が、道理を知り徳の高い人物を選んでいるから、では』

『ああ、そう言われてるよな。けど、ホントは違うんじゃないか。神々に選ばれた奴が皇帝になるんじゃなくて、歴代の皇帝も天后も、みんな――同じ奴なんじゃないのか』

『まさか』

冗談だろうと志紅は笑おうとしたが、あるじの真剣な面持ちに黙り込むことになる。

『オレなりに、妙だと思ったことを洗い出してみたんだよ。後宮には数えきれないほど妃嬪がいて、槐宗室は子供が多い家系だ。でも、きょうだいの年齢ってほとんど団子だよな。ある程度続くとプッツリ途切れる。皇帝の中身が人間じゃなくなったら、子供が作れなくなるんじゃないのか？』

『陛下。どうか落ち着いて』

『いいや聞いてくれ。頼む。皇帝も天后も、継げるのは、当代皇帝の子だけだ。先代までの血縁ではありえない。槐姓を持てるのも、皇帝だけだ。それは、じつは宗室の血にあまり意味がないからじゃないか。たとえば伏羲を宿した人間が己の正気を失うまでの、わずかな期間につくった子だけが、神々を継げるからじゃないのか？』

『陛下。……黒煉！』

『蓮華龍鱗紋を引き継げば、皇帝や天后の力を使うごとに、身体を少しずつ紋様が埋めていく。やがて全身を紋が覆って、心臓や脳に到達すれば、オレはオレでなくなる。見てくれも声も全部同じでも――中身だけが、そっくり真君に成り代わるんじゃないのか！』

呼吸の間も惜しむように一気に話してしまうと、黒煉はぐしゃりと前髪に指を突っ込んで搔き回した。こんなに疲れ切った彼は初めて見る。志紅は息を呑んだ。

きっと、どれだけ力を少しずつ使っても、時が経てば、必ず紋は全身を覆ってしまうのだろうと黒煉は付け足した。

『身体を切り売りしながら力を使うのって、まるで生贄みたいだって思ったろ？　事実、そうなんじゃないか。オレは、オレたちは、数年の最高権力者って夢をかたしろに、この国の神々に与えられた、……生贄なんじゃないのかって』

力を行使する際に身体を捧げる時、心臓や脳を決して譲り渡してはいけない、と伝わっている。それは、命にかかわるものを譲れば、即座に身体の主導権を神々に渡すことに繋がってしまうからではないかと。

今は、黒煉は〝黒煉〟自身だ。だが、数年は本人の意思を生かして泳がせ、そのふりが難なくできるようになった頃、やがては相手を乗っ取って入れ替わってしまうのではないか。

『いきなり変なこと話して悪い。けど、なんだかここのとこ、昔の記憶までぼんやりしてきて……あったことを思い出せなかったり、たしかに自分でやったはずのことまで忘れてたり、最近は食事の好みすら分からなくなってきて……オレ、まともじゃなくなってる』

妄想だろうと一笑に付すことは簡単だった。けれど、尋常ではない親友の様子に、志紅は言葉に窮す。

『なぜ、陛下は俺にその話を』

『お前だから。お前だったら、きっと正面から聞いてくれると思った』

黒煉は顔を上げ、苦しそうに微笑んだ。

『そう、でしたか』

寄せられた信頼に感じ入った時——わずかな笑みを刻む口端が、急にきゅうっと持ちあがり、禍々しい弧を描いたのは、そんな瞬間だった。

『——のと、それはお前が荊志青の倅だからだ、荊志紅』

『え、……』

『いやはや、なんとも槐黒煉は聡い。それゆえに厄介だが』

ぺらぺらと話す〝黒煉〟に、志紅は呆然とした。

見た目も、声も同じ。

だが、そのまなざしも、纏う空気も、よく知る親友とはまったく異なっている。

御前において帯剣もしていないはずなのに、とっさに腰に手が伸びてしまったのは完全に無意識だ。

『!? 誰だ、お前は……!』

『面妖なことを訊く。さっきまで、まさにその話をしていたのではないのか』

何を今さらと言いたげに、黒煉の顔をした何かは不思議そうに片眉を上げた。

『やれやれ、黒煉め。こういう勘のいい子供が出てくることはあったが、我が配慮も斟酌せず、隙を見てこうして他の人間を巻き込んでくれるのは面倒だな。後始末に、大切な民の血を無駄に流すことになるのは本意ではないのに』

自分の名前をまるで他人のように呼び、顔をしかめる〝黒煉〟に、志紅は蒼白になって呟く。今、目の前にいるのは。

『ふ、伏羲真君……』

『他に誰だと思う』

くつくつと咽喉の奥を鳴らす嗤い方は、黒煉はしないものだ。目の前で起きている事態が信じられず、志紅はただ動けない。

『さてと、一連はこの黒煉の口から語られたとおりだ。そこで、お前はどうする荊志紅?』

ただ言葉を失う志紅に、黒煉、否――伏羲は無邪気に問うてきた。

『真実を知った人間は邪魔なだけ。理由をつけて周囲ごと殺してしまう習いだったが、そろそろ飽いてきた。我はお前に興味がある』

賭けをしないか、と神はそう持ちかけた。

『立て続けにこういうことが起きて、そろそろ、この宗室も見切りどきかもしれぬ。だが、黒煉に憑いたからにはこの身体に縛られる。そこで、荊志紅。お前が帝位を己のものにしてみないか』

『冗談じゃない！』

自失していた志紅は、その言葉に我に返って怒鳴る。

『ばけものめ。黒煉はどこに行ったんだ。返答次第では、……！』

『これはまた血の気の多い子供だな。今、我を殺せば黒煉も道連れになるぞ。主君を返してほしければ、賭けに乗れと言っておるのだ』

『なんだと』

黒煉を守りたければ、彼を殺して封じ、自分が皇帝に成り代わり、それから黒煉を蘇らせたらどうだと伏義は語った。

『手段は簡単なことだ。反魂の禁術の手順を踏んで黒煉を殺し、その生き血を飲め。さすれば我を身に宿らせることができるようになる』

身体が死ねば、伏義は黒煉から離れることができる。しかし、志紅の身体になじむまでは、より血の繋がりの濃い黒煉の身体に引き寄せられるので、殺した黒煉をしばらく生き返らせることはできない。

『承諾すれば、今の柱国大将軍たちや主だった諸文官のもとに降臨して天啓をもたらし、譲位の根回しをしておいてやる。禁術の使用も、黒煉をいずれ生き返らせるのも請け合ってやる。限られた時間で、お前が我を克服して追い出すことができればお前の勝ちだ。負ければお前を内側から食い殺し、我がお前に成り代わる』

『もし、俺が賭けを拒否すれば？』

『どうもしない。このままだ。黒煉は消え、我が〝槐黒煉〟になる。知られたまま放置もできぬし、すぐにでも取り込んでしまわねばならんがな。そう、この話は誰にもするなよ？　この話を知って生きているのは、今のところお前だけだ』

さあ、どうすると伏羲は肩を揺らした。

『……なぜ、俺にそんな賭けを』

『ひとつは、お前の魂を気に入ったせいだな。意志が強い者は我らの好みだ。お前、守りたいものがあるのだろう？』

誰のことを言っているのか明らかだ。瞬間、怒りで目の前が燃え上がる。

「彼女に何かすれば、――――！」

『ああ、手出しする気はない。少なくとも我は。ただし、何も知らないうちは、だが』

つまり、事情を知れば雛花もすぐに消すと、伏義は示唆したのだ。だが、その言い回しに引っかかりを覚え、志紅は伏義を見る。嫌な、予感がした。

「まさか。天后になった公主は、同じように……女媧娘々に取り込まれる……と？」

「他に何がある？」

（そんな）

彼女の笑顔が、脳裏で白く塗りつぶされる。己の愚かさに吐き気がした。何も知らず、無邪気にその夢を応援してきた。第一、彼女が天后を目指すきっかけを作ったのは。

――〝荊志紅をお救いください。わたくしも皇恩に報いるべく尽くしますから〟

（……絶対に、小花を天后にさせるわけにはいかない……！）

だが、事情は直接話せないと分かったところだ。どうすれば。

『しかし、父親に似て気が短いな』

伏義が呆れたように呟くので、半ば自失していた志紅は我に返る。確認しなければならないことはまだあった。

『伏義真君……いや、伏義。理由、〝ひとつは〟と言ったが、他にはなんだ』

『言っただろう。お前が荊志青の倅だからだ。あやつは忠義者だったな。敬愛する主君の中身が入れ換わっていることに気づき、我を詰問し、我を殺せば主君が戻ると思って兵を挙げようとした。二代立て続けに真実を知ったものは珍しく、志青のようにすぐ殺してしまうのは惜しい。どうだ、父親の仇を討ち、親友を守りたくはないか？』

つまり、父が主君に反旗を翻したのは——

その言葉に、志紅は骨が白く浮き出るほど拳を握り込んだ。

『さてどうする、荊志紅』

最後に嘯くと、伏義は口を閉じてうなだれた。

『……あれ？　志紅、お前なんでオレの部屋にいるんだ？　呼んだっけか』

やがて顔を上げて話し始めたのは、何がなんだかわからないといった風情の黒煉だ。

彼は、志紅と話をしたことを、何も覚えていなかった。

やがて、後宮に老婆ばかりの妃嬪を入れたことで、黒煉が、消え行くことを自覚するなりに対策を講じようとしていることを志紅も知った。子供を作らなければ、しばらくは意識を保てると踏んだのかもしれない。

それでも記憶を虫食いにされ、精神を塗り変えられて、槐黒煉は、少しずつ消えていく。

そして、やがては黒煉の中に入り込み、黒煉のふりをした伏義が皇帝として君臨する。

(伏義真君は槐帝国に必要なんだ。善政だって約束される。私怨私憤に駆られて誘いに乗って……黒煉と父上のために帝位を簒奪するわけには。槐帝国のためには、黒煉を見捨てて、……俺が、賭けに出ずに大人しく死を賜れば……）

志紅は公私のはざまで苦しんで悩み抜いた。

なぜか伏羲は、はなから志紅が賭けを受けると思い込んでいるらしい。嬉々として簒奪に向けて手を回し始めている。

やがて志紅は、その確信の理由を知ることになる。

――〝次の天后は、わたくしです！〟

人生三度目の、最悪な瞬間がそれだ。

賭けに乗ろう。

その日のうちに己のもとを訪れた伏羲に、志紅は、一も二もなく告げた。

――〝そうしたら、わたくしも心おきなくあなたを嫌いになれますもの。自分の気持ちをお墓に埋めて、ちゃんとあなたを怨むから。紅兄さま〟

酒に酔った雛花がこの室を訪れた夜のことを思い出す。

妃に据えたのは、正式に天后として立つことがなければ、しばらくの間は首が繋がる可能性に賭けてみようと思ったから。意図的に苦しめるような言動を繰り返したのは、希望を殺いでこれ以上の覚醒を食い止めるため。どれだけ憎まれても、たとえ彼女の心が血を流そうとも。

荊志紅が伏羲に融けて消えるその日までに、必ず、女媧を引きはがす方法を見つけ出す。

それだけが望みなのに。

ふとした拍子に、ほの暗い心の深淵から、封じたはずの恋心が顔を出す。

触れたい、抱きしめたい。裏切りに悲しむ彼女の顔に胸が軋むのに、それが己の手でもたらされた感情だと考えると奇妙な昂揚がある。細い身体と、重ねた唇の柔らかさも。

守りたいのに、傷つけたい。心の内に飼ったけだものは、日夜、爪牙で自身を苛む。

――〝あのね、ありがとう〟

ふっと、最後に彼女の声が耳の奥に甦り、志紅は唇を歪めた。

(小花。やっぱり、きみは強い。だから俺も、戦うことにするよ)

『何を笑う？』

伏義が胡乱な目を向けてくる。志紅は敢えて不敵に笑みを深めた。

「さてな。欲深な人間ふぜいが、ささいな決意を新たにしただけだ」

諦めてたまるか。人生で最悪な瞬間は三度きりで終いだ。これ以上何も喪いはしない。

たとえ身の内に、葬り切れない恋の毒を持て余そうとも。

終

あとがき

本作をお手にとっていただきありがとうございます。夕鷺かのうと申します。

しょっぱなから妙な宣言をして申し訳ございませんが、実は、ヤンデレが好きです。前世がロシア人だったら名前はヤンデレ好キー・読ムビッチとかだろうなというレベルです。

そして、ヤンデレというと簒奪モノと相性よさそうだな、簒奪モノなら中華風で、でも一応ラブコメがいい、それから中華世界なら漢字に深入りしていくと面白いなあ、その漢字を使った漢詩も好きだから、いっそ全部詰め込んで、不治の中二病を暴発させたものが書きたい……という謎の情熱をぐつぐつ煮込んだ闇鍋がこちらの作品になります。

しかし、いざ書き始めてみると、ヤンデレ好キーに関して言えば、当方、読ムビッチであれど書クビッチではなかった模様で、「ヤンデレとは……」と懊悩しました。どうにか頑張りましたので、ヤンデレ好きもそうでない方も、お楽しみいただければ嬉しいです。

なお、中華風ファンタジーといいつつ、面白い習俗やらかっこいい名称を時代問わず詰め込んであるぶっとび中華なので、歴史に詳しい方が読んだら、女ニンジャが十二単でライト●イバー振って戦ってる、みたいな感覚に陥るかもしれません。ご、ご容赦ください。(たとえば作中登場する二跪八叩頭礼は、清代の三跪九叩頭礼がモデルですが、アレンジに迷い、誰もいない部屋で何もない空間に向かって実践したりしました。我ながら相当怪しかったと思います。実際やってみると、跪いて三回土下座を三セットって、絶妙に心が折れるか折れないかの瀬戸際ラインでして、うまいことできてるなあと実感しました……）

ここで、お世話になった皆様に謝辞を。イラストの凪かすみ先生！　憧れの凪先生に目のイッたヤンデレを描いて頂けるなんてきっと一生に一度だ！　が生きる糧でした。表紙の麗しさといったら！　また、若者のみならず、イケメン老女がかっこよくて惚れました。

お世話になり倒している担当I様。ヤンデレの方向性を見失って頭を抱えている時、冷静に導いてくださってありがとうございます。「旦那にしたくないことで定評のある夕鷺ヒーローを頑張って！」とのお言葉は胸に刻んでおります。不名誉すぎる。まあ、たしかに鬼畜ドSとか女装男とかヒロインの肩ロース喰いちぎる魔王とか書いてきましたけども。

旧作にご感想をお寄せ下さった皆さま。お返事なかなかできず申し訳ございません。執筆に行き詰まるたび、頂いたお手紙やメールが嵐の中の灯台のようでした。

校正様にデザイナー様、本作の出版・流通に携わってくださった皆々さま。大変な時に相談に乗ってくれた姉。そして、今この本を開いてくださっている皆様。

ありがとうございます。また、どこかでお会いできれば幸いです。

このあとがき、ヤンデレって単語が九回も出てくる……　夕鷺かのう　拝

■ご意見、ご感想をお寄せください。
《ファンレターの宛先》
〒102-8078 東京都千代田区富士見 1-8-19
株式会社KADOKAWA ビーズログ文庫編集部
夕鷺かのう 先生・凪かすみ 先生

ビーズログ文庫

■本書の内容・不良交換についてのお問い合わせ。
エンターブレイン カスタマーサポート
電　話：0570-060-555
(土日祝日を除く 12:00〜17:00)
メール：support@ml.enterbrain.co.jp
(書籍名をご明記ください)

◆アンケートはこちら◆
https://ebssl.jp/bslog/bunko/enq/

ゆ-1-20

後宮天后物語

〜簒奪帝の寵愛はご勘弁!〜

夕鷺かのう

2018年1月15日 初刷発行

発行者　三坂泰二
発行　株式会社 KADOKAWA
〒102-8177 東京都千代田区富士見 2-13-3
(ナビダイヤル) 0570-060-555
デザイン　島田絵里子
印刷所　凸版印刷株式会社

ISBN978-4-04-734940-7 C0193

定価はカバーに表示してあります。